图书在版编目（CIP）数据

寂静里，尘世向暖 / 李俏红著.
—北京：中国经济出版社，2020.1
（“冰心散文奖”获奖作家散文自选集 / 周明，红孩，凌翔主编）
ISBN 978-7-5136-5650-4

Ⅰ. ①寂… Ⅱ. ①李… Ⅲ. ①散文集—中国—当代
Ⅳ. ① I267

中国版本图书馆 CIP 数据核字（2019）第 072865 号

策划编辑　崔姜薇
责任编辑　焦晓云
责任印制　马小宾
封面设计　陈　姝
封面插图　阿　秋

出版发行　中国经济出版社
印 刷 者　唐山楠萍印务有限公司
经 销 者　各地新华书店
开　　本　710mm × 1000mm　1/16
印　　张　13
字　　数　168 千字
版　　次　2020 年 1 月第 1 版
印　　次　2020 年 1 月第 1 次
定　　价　49.80 元
广告经营许可证　京西工商广字第 8179 号

中国经济出版社　网址 www. economyph. com　社址 北京市东城区安定门外大街 58 号　邮编 100011
本版图书如存在印装质量问题，请与本社发行中心联系调换（联系电话：010-57512564）

目 录

第四辑　成长中，拥抱未来

第五辑　寂静里，尘世向暖

第六辑 沿途，此岸彼岸

第一辑　迷途中，静待花开

让心灵驰骋在云层之上

从三亚回来时，受台风影响，三亚暴雨如注。以为飞机会延误，事实上却准时起飞了。

在飞机飞离跑道的那一刻，我还在惧怕风雨如晦的天气，可只几分钟时间，我居然在窗外看到了洁白无瑕的云朵和灿烂的阳光。

原来，无论什么天气，只要飞到云层之上，永远都是阳光灿烂、晴空万里。

阳光铺在白皑皑的云层上，那么耀眼。蓝天那样纯净，让你的心情像弦窗外的风一样快乐轻盈。

其实生活中也一样，心灵飞到哪个高度，你就看到哪片风景。飞得高才能看得远，才能少羁绊，才能飞得自在。因为只要超越了一定的高度，厚厚的云层就遮挡不了你的视线。

有时你走到一堵高墙面前，你觉得这墙又高又大，你根本就无法逾越。但如果你从高处看它，就会觉得它又矮又小。原来，只要飞高一些，周围的环境就完全不同了。

人生需要尽力地往上飞，自己营造阳光和暖意。

飞越一个个的人生关隘，你就会拥有自由强大的灵魂。

心灵的高度决定一个人的视野。在经过坎坷羁绊、艰难险阻达到一定人生高度后，你会发现生命赋予我们的正是我们所期待的。

在一定的高空，我们的心境就不会受外部环境的影响；在一定的高空，我们就能学会同外部世界拉开一段审美距离，用超脱的眼光观照一切。

春夏秋冬，一年四季，人生的晴雨冷暖，自有安排。各有各的妙处，各有各的风景。如果你抱怨风雨，那是你还没有穿过云层；如果你抱怨坏天气，那是你飞得不够高。只有到了万里无云的高度，你才能永远处于风和日丽的明媚中，命运才会对你和颜悦色。

人生没有彩排，要飞就飞得高远一些，翅膀是历练的结果。没有玫瑰，也可以让自己如花绽放；没有翅膀，也可以在天际翱翔。

飞得越高，天空就越辽阔。

生活在滚滚红尘中的我们，恰似生活在云雾重锁的云层之中，各种欲望和诱惑，各种是非和无奈，各种世俗和无知，使我们的心灵得不到宁静。提升高度，才能穿越红尘，跳出是非。

在太空中看地球，对于生命而言，从生到死，都是那么短暂。在高空飞行，只能看见高山、森林、大江和海洋，人是看不见的，因为人太渺小了。从高空往下看，所有的人都像尘埃一样微不足道。

人的一生在历史的长河中如此渺小，但人类又是宇宙中的一个奇迹，有思想、有感情、有智慧……更重要的是这种生灵有精神、有灵魂。

所以，哪怕一无所有，我们依然有心灵的高度，它决定着我们人生的高度。

所以，哪怕生命枯萎，我们依然有思想的印证，它让这个美丽的星球永不至荒芜！

年复一年

日子在编辑一条条原创微信中迎来新年的第一天，一时间，手机上全是充满温馨和祝福的话语："新年第一天，新的开端，新的起点，好好工作，好好生活。"一时感慨良多。

新年第一天，风吹在脸上，带着暖意，同事说，好像春天来了。我说，是啊，前两天看见碧桃开了。可内心里并不希望春天这么早就来，如果一夜之间江南江北真的花开遍野，则意味着又一个春天的消逝。

新年第一天，父母和往常一样早早地出去锻炼，然后顺路买回各种我们爱吃的菜。元旦三天，他们会把餐桌变成最华丽、丰盛的场所。多年来，我一直享受着父母给予的爱，在父母眼里，我依然是公主，依然是他们的掌上明珠。这一点，从来都不会因为时间的流逝而改变，亲情是我生命中的最重。退休后，父母都报名参加了老年大学，时常与一些朋友结伴去听课，虽然年纪大了，日子依然过得充实而快乐。人生一世，得到的和失去的都弥足珍贵。

新年第一天，我收到一份珍贵的礼物。那是儿子半夜里起来放在我床头的，为了让我在新年第一天的早上有一个惊喜。礼物不昂贵，是一罐午餐肉，旁边是他自制的贺卡，上面写着："祝妈妈新年快乐，爱你的儿子给最最最好的妈妈。"背面是一张搞笑的漫画，旁边写着字："记得吃得好一点。"一时鼻子有点发酸。想起早些时候，儿子曾偷偷往我的包里塞了一张纸条，我却在一个月后才发现，上面写着："妈妈，请记得笑一笑。"看见纸条的那天，我忍不住抱住儿子亲了亲。儿子说："你才看见纸条啊，妈妈，一定要随时记得笑一笑哦。"从此，我像珍藏宝石一样把它放在我的包里，心情郁闷了，遇事不顺了，我都会拿出来看一看，感觉一下子就好很多。时间过去了，我们一天天变老，但儿子在一天天长大，一天天懂事。

新年第一天，收到朋友的贺卡，上面写着："送美丽让你欢笑，送开心让你不老。虽然我们不常联系，你却是我装在心里的朋友。"是啊，谁说这些平平常常的感动不是幸福呢？

记得这样一句话："你是独一无二的，这是世界对你的最高奖赏。"新年第一天，权且用来安慰自己。一时想不起是谁说的了，于是上网搜索，如今只要你想到的，网上似乎都有，但我输入这句话去搜索，却被告知未找到相匹配的网页。

哈哈，你是独一无二的，而网络不是全能的，多好啊！

岁月如歌，人淡如菊。新的一年又开始了，只要懂得珍惜，生活就会带给我们很多的感动和欣喜。因为每个人都是独一无二的。

修剪心情

生日时，我买了一盆富贵竹摆在办公桌上，刚买来时只是几颗小芽，日复一日，小芽长高了，绿意盈盈。

富贵竹真的很耐养，日复一日，不见一丝枯黄。我很少照顾它，只是偶然加点水，但它极顽强地活着，给我单调的办公桌增添了无限生机。

后来，我换了办公室，整理东西时，这丛富贵竹是微不足道的，起初我想把它扔到垃圾筒里，但把它从盆中拔出来的那一瞬，我犹豫了：它毕竟也是鲜活的生命啊！如果我扔了它，它就会死，我不忍心任它就这样枯萎，决定把它带回家。

由于公交车上太热，富贵竹的叶子很快卷曲起来，待回到家中，叶子全软绵绵了，没有一点儿生机。我赶紧用水把它养起来，但内心已经不抱什么希望。

出乎我意料的是，两三天后，这丛富贵竹又活了过来。只是富贵竹前半张叶子都枯黄了，没有了往日的生机，一眼望去，又凄凉又萧条。我就这样让它在我的餐桌上放着，并一直影响着我的心情，让我黯然神伤。

一日下班回家，我突然发现这丛富贵竹重新变得翠绿，没有一点颓败气息，我很诧异。儿子告诉我，是爸爸用剪刀修剪过了，把黄的坏的叶子都剪掉了，于是富贵竹重新变得生机盎然。

原来可以这样简单，修剪掉坏的，把它们扔掉，余下的就是好的。心情不也是一样吗？是什么让你的心情变坏，真的坏到不可收拾、无处逃遁吗？你的不安和忧郁是否是自寻烦恼？这些烦人的心事真的那么要紧吗？剪下那些毁掉你乐观的残枝败叶，生命就可以重新焕发生机。

静静地坐下来，理一理自己心里的芜杂。多少困惑苦涩，多少炎凉冷暖，多少拿不起又放不下的得失利益，便在修剪的这一刻释然。像剪掉孬叶一样，轻轻剪掉那些痛苦与烦忧、虚荣与浮华，你才能让心灵保持轻松和愉悦，因为你没有必要让痛苦重重压着你。

有时生活看似杂乱无章，毫无希望可言，但只要理一理，修剪一下，把那些不必要的杂质去掉，生活就会重新变得宁静有序。

因为伴你一生的不是功名利禄、青春容貌，而是心情，心情可以左右你的活法。人最大的需求不是财富，而是幸福本身。拥有好心情，可以使你更从容、更出众。

要懂得修剪啊，只有不断修剪，才会有纷繁的花朵开在你前行的路上；随时修剪，你才能找回自信和果断，你才能发现自己仍然拥有许多值得骄傲的东西。

希望在生命的每一分钟里开花，幸福在每一个年轮里成长，一定要懂得修剪啊。

感知幸福

傍晚路过菜场回家，天已经快黑了，菜场门口有个女孩在卖桃子。我拎着两只重重的袋子，在她旁边停下歇息。女孩就招呼我说，这桃子很甜，买点回去尝尝吧。

我说："是吗？""不信，你先吃一个。"说着，她就开始为我削桃子。我问："这桃子是你自家的吗？""对，自家种的，没用过农药呢！样子难看，但好吃。"她边说边把桃子递给我。我咬了一口，确实很甜，而且够脆，便有心要买。我问："多少钱一斤啊？""五元三斤。"我边低头选桃子边问："你们家今年桃子有多少收成啊？""我爸说了，种桃子最不合算了，赚不到钱的。"原来女孩是位职高生，利用双休日帮家里卖桃子。我挑了十五六个桃子，说："够了，你称称。"那女孩一称，说："才两斤三两呢，再挑几个凑三斤吧。"我说："好，就怕到时拎不动，我的东西太多了。"女孩看了一眼我的两袋东西，没说话，但我看得出，她很希望我多买点她的桃子。于是我又挑了一些，结果一称三斤三两了，女孩说："我给你减掉几个，凑成三斤吧。"我说："不用了，我给你六元吧，我有零钱。”女孩说：“阿姨，你真是好人。一不讨价还价，二不斤斤计较，跟你这样的人做生意真好。”女孩看上去很高兴，接过我的钱后，她笑得更开心了，在她看来，是做成了一笔生意，尽管这笔生意小得微不足道，但她很满足。

这让我想起不久前在车上遇到的另一个女孩。那女孩十五岁左右，一上车就很兴奋，于是我听到了她和坐在一块儿的同伴的聊天内容。“你不知道我昨天运气有多好！昨天，我到舅舅家去，恰好他们家西瓜地里有好几个裂掉的西瓜摘回家，我一口气吃了好多。这在平时根本吃不到的，昨天我去得多巧啊，我真是太有福气了！”我形容不出那种洋溢着欢笑的快乐，但永远忘不了那一刻她脸上动人的表情。

五元钱，一个西瓜，能让她们如此满足，我们谁不是轻而易举就能得到这两样东西呢？但我们有谁因此感到幸福了？

在我们的身边，总有一些不知足的人。有了高薪，还想要高位；有了好单位，还想要轻闲的岗位；挤破头皮争得了荣誉，还想要更多的实惠，巴不得天下所有的便宜全都自己占了。

他们总是对自己说，拥有越多越好，钱越多越好，财富越多越好，升迁、赚钱、买房、买车——层层叠叠，以至于劳累和压力远远超过了自身的承受能力，于是生活成了负累，好心境也无影无踪。

知足，你就会学会快乐，学会感恩；如果不知足，你就会觉得人人都对不起你，你想要的东西永远没有止境。我们是否应该退一步，问一句：难道我的人生真的需要这么多东西吗？其实就一个人的真正需要而言，物质需求是简单的，但世俗的惯性思维常常让我们步入误区。

莫里老人说：“人生最重要的是学会如何施爱于人并接受爱。”我们每个人只要明白了什么是人生真实的需要，就会走向平和、知足，走向关爱、奉献。

只为今天，我要很快乐

不要沮丧，不要后悔，不要悲苦，不要自寻烦恼，我时常告诫自己，人活着就是活一份心情。

我要每天有阳光般灿烂的笑容，每天有新荷般清纯的容颜，不以物喜，不以己悲，以自然平实的心态面对每一桩是是非非。

只为今天，我要很快乐！

为一份心情活着，人生就会变得简单。我开心也许别人不知道，但每一丝拂过我的风会知道，每一缕围绕着我的阳光会知道。小鸟会知道，它为我的快乐唱着歌；小雨会知道，它为我的快乐轻敲着节拍。

虽然生活中总会有许多形形色色的烦恼、五光十色的诱惑，无法挣脱，也无法回避，但我能时刻提醒自己保持快乐的心境。虽然有时也非常艰难，那是因为很多时候我不懂如何去舍弃，总想事事都能完美地去面对，如此我就像蜗牛一样，把什么都背在身上，越来越沉，越来越累。

有一日，一位朋友从远方来看我，相见的几个小时里，我不断地抱怨、叹气、皱眉。朋友说，你怎么了？在我的记忆里，你快活得像条小河，这不是真实的你。是吗？那真实的我到哪里去了？小河的浪花是什么时候消失的？

朋友说，为了快乐，应该学会宽容和忘却，因为有舍才有得。在这世界上，我们所要的只是美丽和感动之后留存下来的那份快乐。权势、金钱、名声、地位，哪怕你全拥有了，最终你仍然会发现，其实你要的不是它们本身，而是它们给你带来的快乐。假如简简单单就能快乐，又何需临渊羡鱼呢？

舍弃一些东西你才能走得更快，记得让心灵放放假。

当音乐在耳边响起，当花朵在桌上绽放，当阳光在窗外飞洒时，我会以一种纯真的姿态迎接生活的每一季冷暖。

手机突然响了一下，是条短信息："所谓幸福，是有一颗感恩的心，一个健康的身体，一份称心的工作，一个完美的家庭，一帮信赖自己的朋友。当你收到此信息时，一切都随之拥有！祝圣诞快乐！"我恍然记起今晚是平安夜了。不一会儿，又有一条短信息进来："这一刻什么都可以忘记，唯独忘不了的是向你轻轻地说声：你快乐，我开心。圣诞快乐！"

这些善意的馈赠，就像暗夜的流星，照彻我生命的笑靥。很多时候，正是生活中一个个小小的片段，一个个微不足道的细节，一句句平常的话语，一个个简单的眼神，让快乐开出花来。

我快乐是因为春去秋来，在悠长的等待中，知道自己内心的那份渴望和期盼。

我快乐是因为清晨走进教室，五十多双明亮的眼睛里都映着我的微笑。

我快乐是因为面对黑黑的天空，哪怕没有星星，我也会仰头微笑，我知道我的微笑会成为今夜最美的星光。

我快乐是因为能在开满鸢尾花的树荫间看书写作，能在轻柔如叹息的落花间沉吟低回。

我快乐是因为有人对我说："为了跟你说一声再见，我找了你整整一个夏天。”

我快乐是因为有个夜晚独自在海崖上，看海水一浪一浪打着礁石，风清月朗，便觉得拥有了一个古诗词里的夜晚。

我快乐是因为走在雪花飞舞的林间，有人突然从背后蒙住我的眼睛，让我猜她是谁。

我快乐是因为有人跟我说：“你的黑发如缎。”是吗？我的黑发依然如缎吗？

……

这些快乐是那样的细微，很多时候，我都不觉得它们使我的生活日益光鲜，而一味企盼着有一场轰然的狂喜降临身边，企盼不着便常闷闷不乐。

其实，我们可以一直很快乐，只要我们拥有一颗智慧的心！

时间里藏着诱惑

我们在除夕的钟声中一岁岁长大，一年又一年，春花无痕，不知不觉中，我们已从油盏灯里的年进化到网络时代的年了。这么多庞杂的记忆，谁肯一下子就轻轻淡淡地放过呢？更何况回忆能让我们更好地体味眼前的幸福。

如今的孩子不知什么是油盏灯里的年，他们也许只能从朱自清的《忆》跋里读到那么一小段文字。而我们小时候是真真切切地体验过油盏灯里的年。炒米、煎糖、包粽子、磨豆腐、炸油泡，白日来不及做，夜晚灶头一盏油灯便要燃到深夜……暗了，轻轻地向上旋一段棉芯，灯又亮了。

冬日孩子睡得早，是为省油，去睡也不点灯，只用一支火竹篾照亮进房睡觉。但大年三十除外，吃了年夜饭，全家老少还要围着油灯拉家常守岁。正月里，油灯格外亮，我们孩子破例可以在油灯下走象棋、玩纸牌、放鞭炮。天很冷，但每一个油盏灯里的年都过得很温暖。

对那时的孩子来说，没有什么比过年更快乐的事了，有新衣穿，有肉吃，可以出门做客，可以找伙伴们舞龙灯。而这些对现在的孩子来说算什么啊，他们每天都可以有新玩具，随时可以有新衣服，每天餐桌上都可以像过年一样，不给他们一点儿新花样，他们是体会不到我们童年过年时的那种开心的。

短短的几十年，我们和岁月一起走向成熟。油盏灯早已销声匿迹，电灯也寻常得不值一提，而我们在油盏灯里过年时并未想过有一天我们可以整夜拥有明亮的灯光，做任何事都跟白昼一样方便。后来我们有了彩电、冰箱，有了空调、洗衣机，再后来有了手机、微波炉，如今我们有了网络和手提电脑，还有了数字电视和掌上书籍，有了人人网，有了 Twitter，有了 Facebook，有了微信，世界一下子变得那么近、那么小……“地球是个小小的村落”，这句话现在听起来感觉格外真切。

如今，我们全面进入了高铁时代。春节临近，只要在手机上动动手指头就可以买票，从前那种彻夜排队、一票难求的情景不复存在，人们的出行变得如此快捷而便利。

这世界的变化是多么神速，科技的不断进步给社会带来了日新月异的发展。我们以前何尝想过，世界会冒出这许多让我们惊喜的事物？

前几日，有朋友发来一条短信：“你敲遍所有的门了吗？新年又来敲你的门了。”是啊，我敲遍所有的门了吗？我渴望的传奇躲在哪扇门的后面？我为什么不去敲呢？

又是一年新始，再不努力，就真的老了！记得一位诗人说：“世界会一天天老去，但诗歌永远年轻。”总有一些东西会老去，但也总有一些东西会永恒，比如爱，比如文学。

时间里肯定藏着诱惑，我们的期盼就是一个很好的证据。年轮在阳光里一圈一圈地旋转，更新、创造、重组，我们总能在生活中发现奇迹。

如今要看油盏灯，就要去古民居或博物馆了。从油盏灯里的年到网络的年，冬去春来，我们只是过着普普通通的生活，但仍然会发现，平凡的人生中永远有着丰盈的美。

便觉人间迹可逃

生性爱花，却种不好花，工作一忙，三天两头忘了浇水，花就死了大半。

房东家门前有一片空地，随意地种了几丛金针菜。房东几乎不管它们，但到了开花时节，金针菜偏开出许多金黄色的花朵，娇艳夺目，花期挺长，天天有新的花朵含苞怒放，比百合还漂亮。房东便开玩笑似的对我说："你种了半天的花，还没有我种的菜开的花好啊，不如跟我学种菜吧！"言者无意，听者有心，于是开始种菜。种菜不仅可以尝鲜，不少菜的花还真的很漂亮。

最爱豌豆花，于是就在屋后的空地上种了许多豌豆。刚开始豌豆还整整齐齐地抽着芽，不久豌豆的藤蔓就牵来扯去地爬了一地。房东说，要用竹篱子撑起来，不然结的豌豆就少。我笑笑，我不是为吃豌豆才种豌豆的，我是为赏花才种豌豆的，让它满地爬着开花，多好啊。到了豌豆开花的季节，一地的紫花摇曳，要多美丽有多美丽，那娇嫩的叶子配上柔弱的花骨朵儿，我见犹怜。难怪童话里说，真的豌豆公主能被十二层褥子底下的一颗小豆儿硌得浑身淤青，一夜睡不着，因为公主就像豌豆花一样娇嫩！

后来，我又种空心菜。种空心菜纯属偶然。一日买的空心菜太多，没吃完，我就随手扦插在空地上。没想到空心菜特别好种，就如蔓草般茎上生节，节处生根，随处爬着，没几天工夫就疯长起来。后来，我每隔五六天去采摘一次，那茎蔓不见少，反而越来越繁密青翠。

书上说，空心菜又叫蕹菜，自古就有栽培。《封神演义》中有一则故事描述：比干被昏庸的纣王剖腹挖心后，飞马出北门，偏偏撞到卖空心菜的农妇说“人无心即死”。比干闻言，跌下马来死了。由此可见，我国早在殷商时代就已有了空心菜。

空心菜在炎夏高温季节依然能够生机勃勃，长势茂盛。它对土壤挺迁就，肥沃也好，贫瘠也罢，都可以生长得很好。像我这样的懒人，种空心菜真是种对了。空心菜的花也非常独特，与牵牛花相似，白色或淡紫，数朵攒联在一起，花开时节，还有一股淡淡的清香。

当冬季园子里的植物开始凋零的时候，我种的菊花菜依然有着逼眼的亮绿。它的花着实好看，花冠似菊，而且开得挺大朵，黄色花瓣上有玉白色的细纹，一开就是个把月。菊花菜不怕掐芽，掐了的地方很快会长出新的芽头，然后芽头上又开出更多的花来。开花时黄灿灿的一片，煞是壮观。我经常剪了花儿插瓶，其生命力极强，插瓶中也有半个多月可观赏。

菊花菜原来是欧洲庭院中的观赏植物，是唐朝时从地中海传入我国的，只是到了中国后才成了餐桌上的美味。南宋诗人陆游在其《初归杂咏》诗中有云：“小园五亩剪蓬蒿，便觉人间迹可逃。”他所说的蓬蒿就是菊花菜，他觉得在种有菊花菜的菜圃里，能够逃离人世的烦恼，看来菊花菜还能寄托诗人遁世的感慨和安慰。就像我，心情不好时，只要一走进园子，看到满园开得黄灿灿的菊花菜，烦恼自然烟消云散。

春天，我正病着，不能跑远路，不能去郊游，不能放风筝。闲翻历书，见上有“二月，草子施铜肥，马铃薯下种”，猛然想起厨房里还有几十只发了芽的马铃薯。我来到窗外，去冬的枯黄已找不到踪影，泡桐未著一叶已一树紫花摇曳，生命又一次被时光轮转着。泥土潮湿肥沃，没有了往日的干燥，真是节气变了，地气也随着走动起来。马铃薯紫红色的芽足有寸多长，种起来很方便，邻居在旁见了，主动来帮忙，一畦马铃薯很快就种好了。

马铃薯的花也是菜花中极为漂亮的一种，紫中带白，随风摇曳，很优雅，历历的黄蕊，有点像水仙。最早在法国，马铃薯花属于王室花，是时尚、高贵的象征。马铃薯开花的时候，我常常拿把靠椅，歪歪地躺在上面，看眼前的菜花开了多少，又谢了多少，对地底下的马铃薯能长几个是不关心的。

1883 年，莫奈来到法国租下一幢粉红色的房子，从此生活在那里。他从各地寻来奇花异草，用整整四十三年的时间为自己种出了一个花园，更用无数绚烂的色彩为世人画出了一个花园。我没有莫奈的才情与灵气，所以选择最普通的菜花来装点自己的园子。

夏天种上几株丝瓜，花开时，院子里就多了一个彩色的屏风；秋天种上几株番茄，花开时，蜂蝶乱舞，结果时，红艳喜人；再偷懒点儿，就种上几棵白菜，那是不用管的，种子落地就生根。开花时节，一朵朵黄色的小花精神得很，连空气都变得灵动起来……因为不是为了吃菜而种菜，只要开花就可以，这菜反而好种多了。

菜花虽然不名贵，满园的清新却很可人。和我们这些普通人一样，不娇气，随遇而安，丢在哪里都能活，有着轻而易举的平实和美丽。

像蝴蝶一样飞舞

天突然冷了，正午的阳光却正好。寒意被一点点抽走，一杯热茶，昏昏欲睡。

“出来吗？一起去山坡晒太阳。”

谁，居然在我假寐的时间扰我清幽？

“小老乡，你在干吗呢？这么好的阳光，别辜负了。”

是她，我的老乡。她总是那么乐观，看见点新奇事儿，就喜欢得像小鸟一样叽叽喳喳，连阳光都可以成为她兴奋的导火线。

“快出来，车子已经在楼下等你了。”

我跑出大门，耀眼的阳光铺天盖地，真是个好天气。没有她，也许我就缩在办公室的角落里，忘记阳光的笑脸是怎样的了。

车子在山道上拐来拐去，她一直喋喋不休。说女儿的学习，说她新近认识的男友，说她们单位的有趣事情。我有一句没一句地搭腔。我知道她并不一定要我应和，她习惯于讲述。

在一个水库边，她停下了车。山坡上没人，野菊自在地开着，有点眉飞色舞的样子。像她。

她总是这样，把生活中的忧愁看成过眼云烟。她当年和我说要离婚时，我惊讶地大张着嘴巴，她却是一脸嫌我大惊小怪的样子。“合不来，就分开了，这样对谁都好。女儿归我，我会好好把她培养成人。”从她口里说出来，仿佛这是别人的事情。我知道她的性格，一个大大咧咧的人，凡事不往心里去，也许忧伤已然过去，剩下的就是平静地过日子。

断断续续地，她也交过几个男友，但一直没有结婚。原因不详。对别人的异样眼光她并不在意，当然也不会有人去细问。她乐得自在，继续在人海中等待着属于自己的缘分。一个三十六岁的女子，还有这样从容的心境，难得。

在水库边坐下，静静的，只有我和她。阳光照在身上，暖融融的，一起听着虫鸟的鸣叫，她的手握着我的，温热。“你的手冰冰的，肯定缺少锻炼。你要像我一样，每天打球、练瑜伽。”我笑着，她的快乐感染着我。

她的脸没有以前漂亮了，胖了，还有了细纹。我不忍心说出来。想到她孤单一人带着女儿生活，便有点心酸。然而我知道她是不要人同情的，如果让她知道了，非臭骂你一顿不可。

“我前天一个人跑到杭州，买回来一大堆书，哪天你来我家，看有什么喜欢的，拿走。”

我看了她一眼，开玩笑说，“你这不是要亏本？”“好书大家分享，看完你再拿回来就是。”这倒也是，对我来说，借的书更能看出味道。

她摘了两朵小花，插在头发上：“怎么样？是不是挺漂亮？”走到水边，顾影自怜。没人的时候，她会很疯，全然忘记了自己的年龄。花戴在头上，并不协调，但真实、可爱。对着水里的自己，她哈哈大笑，很童心。

她的人生，可能大部分是灰色的，但她善于把那仅有的一抹光亮经营得有声有色。无论生活怎么变化，她对生活那份单纯的热爱从来没有改变过。她喜欢一切美好的东西——喜欢幽雅的环境，喜欢有特色的工艺品，喜欢美食和朋友。凡是她热爱的，她就用心去经营，哪怕失败了，也只是躲起来一个人待几天，心境调整好了，出现在你面前的又是一张灿烂的笑脸。

“没有什么悲伤是需要收藏的，就像这些没名字的小花小草，冬日里它们肯定会凋零，但现在开放着就给这世界带来生机，带来独特的美丽。人也应该这样的吧。”一个貌似普通的女子，实则柔弱中蕴藉着坚忍，平静中蕴藉着激情。

在秋日的山里，一个原本有理由抱怨生活的人，却看不见她的忧愁。“生活是一个过程，经历就是财富。秋日里能有闲情晒太阳就是一种享受。下次，约几个小姐妹再一起来疯啦。”说完，她又笑。

不管经历了多少坎坷和挫折，不管有没有人欣赏和认同，照样要像蝴蝶一样飞舞，照样要去追求属于自己的幸福。

多好。

幸福是种安静的能力

记得大学期间，有个同学给我写信总在结束时写上“祝静”两个字。当时很多人写“祝快乐”“祝进步”之类的，唯有他大学四年，每封信都是这两个字。他说：“我知道你爱吵爱闹，常常是表面轰轰烈烈，待到曲终人散，便会有种空虚失落感。假如你能够远离喧嚣的人群，静下来认真想一想，或许更能发现人生的真谛。”

工作后，每天六点半起床，七点吃饭，八点上班。先是看当天的报纸，然后编稿，再设计版式。接着外出采访，然后是写稿、改稿。下班烧饭，饭后看书，忙得像台成天运转的“机器”。直到有一天“机器”支撑不住生病了，躺在床上静下来，才觉得繁忙的背后，似乎没有多少内涵。也唯有静下来，才能有机会透过纷纭的表象看到真正的内里，认真体会那位同学关于“静下来”的意境。

疲惫时静下来，你会更有信心走后面的路；愤怒时静下来，你更能和风细雨地化解矛盾；紧张时静下来，你更能拥有一份从容和镇定。

不要因为年轻，就冲动地与你不爱的人结合；不要因为高薪，就从事你不喜欢的职业；不要因为美色，就放弃与你甘苦与共的爱人。静下心想想，再做一个客观的决定。

失意时，不要盲目悲观，静下来，你会发现自己其实有很多优点；得意时，不要过分忘形，静下来，你会发现这点成功实在微不足道；痛苦时，不要借酒消愁，静下来，你会发现看淡一点，快乐其实离你并不遥远；绝望时，不要意气用事，静下来，你会发现生活的另一面正阳光灿烂、光华四射……

无论经历多少刻骨铭心，经历多少生离死别，只要还能静下来，一切都可以从头开始。时间久了，悲伤和痛苦会褪色成一朵轻盈的云。

人们每天争分夺秒地去赶路，匆匆忙忙到底是为了什么？每天心事重重、焦头烂额到底在为谁操心？这样不停地赶路，结果只会让你错过人生诸多美丽的风景。

记得读高中时，很崇尚一句名言："拼命地学，痛快地玩。"那时从没有把学和玩对立起来，相反，每次尽情玩乐之后总觉得神清气爽，解起题来思路格外清晰。工作后，就很少有"拼命"加"痛快"的时候了。事实上，心情低落的时候去打球，出一身大汗后，感觉会好很多；心情浮躁时去听音乐、看书，优美的旋律和文字会让一切烦恼烟消云散。

幸福不是一种匆匆忙忙的追逐，它是一种安静的感知能力。拥有这种能力，颜回"一箪食，一瓢饮"也能"不改其乐"，而尘世庸庸碌碌、累得不想动弹自己疲惫身体的人们，有几个能参悟其中的真谛？

人的一生，会错过许多美丽的东西。其实所有的美丽都要有一颗懂得欣赏的心，假如你只学会为生计埋头赶路，只学会不断追求那种世俗的评判标准所带给你的满足，那你错过的东西就会很多。

来去匆匆的人生旅途中，能停住脚步静下来是件幸运的事。驻足欣赏、思考、参悟，放慢你的脚步，丰盈你的头脑，整理一下你的心情，校定好方向，再从容起程，或许能走出一个崭新的自我。

永恒是什么

云来云去，窗外是一幅永恒的风景；草长草衰，门外是一片永恒的天地；花开花落，梦里是一份永恒的追忆……

谁能告诉我，永恒是什么？是一个小小的诺言？是一段湮灭的传奇？还是风中古老的驿站？

为工作，为家庭，为自己，总有一些不尽人意、差强勉为。于是生出许多怨艾，许多愤懑，久而久之，你眼中看到的尽是灰灰的颜色。你忘了窗外是一道永恒的风景，它不因人事变迁、历史繁衍、时代更迭而改变，它永远以冷静、客观、超然来预示人类的一场场演绎。

其实，窗外本无风景，永恒在你心里。春去秋来，日历上积满了前世的豪言壮语，翻动时猎猎作响，犹如血染的旗幡！日子久远了，血迹便日渐淡然，最终你发觉这只是一道风景，挂在尘封的大厅里，等着人们行注目礼。一度的辉煌在永恒面前是那样不堪一击。

世界是那样亘古，人类的传说经不起流传。风吹过，扫落一地黄叶如蝶，告诉你另一季节的开始。光阴似箭，很多时候你都不知道如何面对时间的残酷。

但如果你心中有永恒的昭示，那么当你走在岌岌可危的顶峰时，那份从容和镇定，那份清醒和理智，足以让你再悠闲地走下来，而不是跌下来。

叔本华把人生比作“一条由炽热的煤炭铺成的环形跑道”，意味着人生不仅痛苦而且痛苦无休无止。那我们何不洒脱一点儿，淡泊一点儿，因为在永恒面前，个人是多么渺小。

过去的种种壮举，已被天空中星星的湖泊淹没，被修饰的破旧宫殿已面目全非。太阳不会苍老，很多人却希望太阳和他们一样流连于死亡，他们不懂永恒的意蕴。

在最初的季节里沐浴最初的雨，在最初的雨里倾听最初的歌，在最初的歌里体味最初的诱惑……

忘掉这一切，窗外是一道永恒的风景。

活在自己的轨迹上

刚从校园走向社会，一下子改不掉校园中养成的习惯。

开春，在清浅的小河边，我发现了第一枝泛绿的柳眉儿，不由欣喜地喊出了声：“看哪，柳眉儿绿了，春天来了！”在旁的人都用奇怪的眼光看着我，认为我太大惊小怪。

一日，我偶尔路过冬日被砍下放在墙角的一堆梧桐树枝时，诧异地发现，这些没有根的树枝仍然爆满了青绿的叶芽。我驻足凝视，被这顽强的生命力深深打动。当我把这想法与朋友讲时，她淡然一笑：“这有什么。”继而，我听见有人在议论我太傻气，顿时感到了一种无言的失落。

真的傻气吗？从校园走向社会后，我仍然有着静看水涟漾起的闲适；仍然有迎着风酸泪盈眸的日子；仍然有雪中寻梅的雅兴；仍然有苜蓿花丛中默默相感的微笑……总觉得在这“傻气”中我复归生命的真实，这么一种心境深深地感染着我。

见花、见草、见树、见鸟，如果你熟视无睹，无动于衷，这便是心的苍老，是累人的世俗夺去了你贴近自然的那份真情。

永葆这么一种心境是多么欢悦，在伤感中能活得洒脱，在平淡中能活得充实，在曲折中能活得自如。

不管别人怎么说，我喜欢这样一种心境，可以“一沙一世界，一花一天堂”。当我不在乎别人怎么说的时候，我很自信，很从容。

夏夜，我不喜欢坐在小小的冷饮室里，而是喜欢一边满街走，一边喝我喜爱的饮料。爸妈一直教导我，女孩子要文气、要端庄、要静雅。然而我不在乎，只要开心就好。为什么一定要用泯灭天性的代价来换取所谓的淑女形象呢？

冬日黄昏的墙角，一个乞丐用捡拾来的碎木烧他的晚饭。我不管众目睽睽，毅然在路边拾了很多枯枝送给他。我不在乎别人怎么看，只知道他很可怜，比谁都需要帮助。

我不在乎人人都背着漂亮的时装包时，我背着发白的军用挎包去旅行。我喜欢这种陈年的感觉，里面装满了昔日的故事。有时光鲜的外表并不等于内心的富有。背着它，我宛如面对老朋友，觉得格外亲切。

我不在乎结婚时有没有房子、汽车，婚姻并不靠物质的奢华来维持。只要两人真心相爱、真诚相待，所有绮丽的晚霞都会把我们的窗口装点成最美的风景。只要我们紧握双手，我不在乎别人怎么说。

每日上下班，我喜欢舍大街而穿一条狭长古旧的小巷，看天空被裁剪成窄窄的一道。途经时，我总能捡拾一些郁达夫的气息和戴望舒的轻愁。如此，等我再次走到宽阔的天底下时，我觉得我正从诗和散文中走出来，正从那久远的日子中走出来。

刚开始工作时，总对自己很苛求，要做领导的好属下，要做同事的好知己，处处都要留下好印象，不断的委屈也就造就了宽容的性格。终于发现，工作以来，我竟一直在别人的眼里拘拘谨谨地生活，从不敢放纵自己一次。

我常说很喜欢一首歌，却早已忘了歌名。我轻轻哼着歌词，洒脱地走过人群，没人在乎我真正想说什么。其实，我想说的是那青春的旋律，淡远的年代，茉莉花般纯白的岁月……我喜欢登山，让山风温柔地拥抱我；我喜欢望天，澄明的天空一如创世之初；我喜欢听蝉，听那发自生命的歌吟……我知道生活无论怎样辗转、变化，都自有其诱人的一面。

于是，我一改往日的矜持，既可以莫名地大笑，又可以默默地低泣，甚至可以整夜不睡。为了某一个“了不得”的变故，还敢整杯整杯地喝酒，在杯盏里静静地品味自我。那次旅途中忽然失散了伙伴，惊慌之余我又遇到了许多陌生的朋友；那回在小溪涧里跌个透湿，却沾了一身的落花回家，好狼狈又好开心。

我不在乎许多东西，这使我不会活得太累。有人说：“有所得是短暂的快乐，无所求才是永久的快乐。”我希望获得永久的快乐。我不愿意别人的言语主宰我的命运，我不愿意因为别人的眼光改变自我，从而使自己成为一个模子里铸出的镍币，只会敲出空洞的回音。但我在乎生命，我希望活在自己的轨迹上，奏出生命的最强音。

在喧哗的风景之外，总有一些莫名的心绪让我看到真实的自己——一个外表温驯而内心充满了奇特想法的女孩。我清澈如水的眼睛里有着无数的憧憬，我汗水浇灌的晨昏里有着缤纷的色彩和绚丽的光环。

我是一片浮云，凡尘中一介普通的过客，我不企求有什么惊人的作为，只是日日不放弃努力，在人生旅途中寻找最美的轨迹。

前进一步就好

冬日街头的梧桐树经过几天的修整，全剩下光秃秃的主干，市政人员解释是为了让阳光从天空洒下来。

但我觉得：冬日，更应当让阳光从心里洒下来。

冬风萧瑟，冬雨迷离，历代文人骚客往往把人生不如意、世事不公正，把怀才不遇、明主难觅，寄托在冷冷的冬季，抒发自己满腹的哀怨。人生在世，每个人都可能遇到万木萧条、满目荒凉的冬季，很少有人永远一帆风顺、轰轰烈烈，而没有寂寞落魄的时刻。在人生、事业受阻，情感受挫，一切带着灰色的季节里，我们应该懂得让阳光从心里洒下来，给原本无法完美的世界增添一份色彩、一份温暖，陪伴你度过最易受伤、最易心冷的低谷。

让阳光从心里洒下来，是那样简单的一件事。只要你有正视现实的勇气，只要你有勇往直前的精神，只要你有坚定执着的理想，只要你有成熟冷静的睿智，阳光就会从这些地方升起，照彻你的人生。越阴暗的日子越强烈，你才不会被命运击倒。

在多蹇的岁月里，唯有从心里洒下来的阳光才能温暖你自己，让你看到重重阴霾后的一线光明，让你相信不久的将来必会一片灿烂。

朋友，假如你寒窗十载却被拒大学门外，假如你敢讲真话而招致领导偏见，假如你坚持正义而遭小人报复……试着让阳光从心里洒下来，在郁闷的日子里换一种心境，而心中的光明终会带给你现实的光明……因为微笑若兰是在真切理智地感悟生活之后的参禅。

总有些人喜欢幻想远方的伊甸园，日复一日为自己甜美的想象所陶醉，却怎么也不愿脚踏实地地干好眼前的事，只把成功和希望寄托于未来渺茫的日子。

事实上，“只要前进一步就好”，只要去实践，不管等待你的是什么，总比坐等观望要好。每一个明日希望的实现，都基于今日的刻苦努力。

世上极少有十全十美的事情，我们只是在不断地改进，力求接近完美。努力干好每一件事，对任何人来说都不过分。

生命对于我们每个人都只有一次，应该让它轰轰烈烈，即使失败，也有冗长的回声，也能为后来者垫下一块迈向成功的基石。

其实许多人都比自己认为的更强大，更有才华，只是稍稍碰壁之后就泄气了，不再相信自己的能力。

振作起来，试着去做一件你从未做过的事情。只有行动，才有希望获得成功。

为什么要观望呢？鼓起勇气来，生命的每一天都会出现奇迹，也许你就是其中之一。

只要自己不放弃

冬日给月季剪枝，剪下的枝条随意丢在一旁。春天来的时候，我到院子里拔杂草，拔着拔着手突然被刺了一下，感觉到疼的瞬间，我看到了地上几根不起眼的月季枝条。原来是月季的刺伤了我，我随手捡起枝条想扔掉。但捡起来的那一刻，我看见那枝条上已经冒出了暗红色的芽头，原来，每一根枝条都还活着。

整整一个冬天，它离开了泥土和水分，仅靠自身的营养维系着生长，居然还能在春天发出新芽来。

于是我没舍得扔掉，我重新把它们种进了土里。因为我知道，无论怎么随意扦插，它们都已经活了。夏天时，一根枝条就会变成一树月季，并开出美丽的花朵。原本命运已经抛弃了它们，可它们自己并未放弃，于是重新获得了春天的青睐，改写了自己的命运，成为花园的主角。

一枝花是这样，一个人也是这样。

《哈利·波特》系列小说在找到一个愿意冒险尝试的出版商之前，被拒绝了十二次，但作者 J. K. 罗琳并没有放弃，她一直不断地努力，终于书稿得以出版，从此 J. K. 罗琳和《哈利·波特》一起闻名世界。

浙江大学的一个年轻学生因车祸失去了右腿，他觉得自己的人生从此没有了意义，他所有的梦想都破碎了。但后来，他在医院遇见了一个患小儿麻痹症的病人。“虽然我的右腿肌肉萎缩，但是我用自己的坚持告诉大家，身体上的残疾并不可怕，只有心理上的残疾才会让人残疾终身。”一语点醒了年轻人，他知道不能自己放弃自己。从此，他走上了网络程序设计之路，从一个“废人”变成了有用的人。

人生最大的失败，就是自我放弃。如果连自己都放弃了自己，别人自然也帮不了你。人的潜能是巨大的，有时连自己都不清楚这潜力到底有多大。

中国科学院大学教授杨佳在年近三十岁时因“黄斑变性”失明，生活中的光彩无情地消失。在最需要帮助的时候，她丈夫提出了离婚。但杨佳并没有气馁。失明后，她毅然选择在困境中重生，克服种种困难，付出比别人多几倍的心血和汗水，每天摸索着走上讲台，继续上课。电脑帮了杨佳大忙，别人给她装了一套英文语音系统，她又可以“看”东西，写书了。现在，杨佳不仅成为全国政协委员、中国盲协副主席，而且是哈佛大学建校三百年来第一位获 MPA 学位的外国盲人学生，同时成为联合国残疾人权利委员会副主席。

杨佳说：“一个人可以看不见，但不能没有见地；可以没有视野，但不能没有眼界。”只要你有追求，有梦想，坚定不移，就会有奇迹发生。

人的一生不可能一帆风顺，总会碰到各种困难。但是无论如何，只要你自己不放弃，就没有人可以打倒你。规划好自己的人生，不要被外界的琐碎事件困扰，始终如一。一直做该做的事，做想做的事，虽历经磨难，仍痴心不改。

只要自己不放弃，幸福和幸运就不会放弃你；只要自己不放弃，梦想就会离你越来越近；只要自己不放弃，永远都会有机会；只要自己不放弃，总有一天你会成功。

生活不可能十全十美，有挫折、有困难、有烦恼很正常，我们要学会坚强，学会把现实握在自己手里。

一枝花尚且不放弃，何况人呢?

慢才是生活

儿子寒假回国，说最大的印象是，上海又开了很多大型超市。超市高达七八层，不少店铺都在装修中，这边在营业，那边电钻的声音“吱吱”作响。一些主题餐厅生意好得不得了，门外排满了等待吃饭的人，整个超市看上去庞大繁荣。儿子感慨：变化好快啊！

回到家中，儿子发现家周围原来一片蛙声齐鸣的田园没有了，取而代之的是一大片楼房。左边有，右边也有，他只能不停地问，这是哪个楼盘，那是哪个楼盘。夏日的风也不如以前凉爽了。

然后，他若有所思地说，在国外，他所就读的学校旁边，一个在建的工地，一年才造了两层楼。工程不大，但每个环节都非常严谨、细致，容不得半点马虎。儿子说，也许再过一年，那楼还造不好。这在中国来说是不可思议的，别说三五层，一幢二三十层的高楼，也能几个月就造好。

西班牙巴塞罗那的“神圣家族教堂”是西班牙建筑大师安东尼奥·高迪的毕生代表作，始建于1884年，从开始修建到完工共耗费了150年，而且在随后的漫长岁月里又经过了无数次的加工，目前仍在修建中。从高迪以后，现在的建筑师 Jordi Bonet 已是第四代了，预计还要二三十年才会完工。这座梦幻浪漫、怪诞陆离的大教堂，吸引了来往于这座城市的所有目光。对这幢高矗的半成品，几代巴塞罗那人都没有为着急与烦躁所惑，而是从容地等待，耐心地守候，慢慢地一点一点进行完善。

现代中国人最讲究的就是速度和效率，每时每刻，人们都被各种计划、约定和责任填满，在疲于奔命中，眼看生命与自己擦肩而过，真正的幸福和快乐却渐行渐远。人们在极度追求速度和效率的活动中，慢慢地远离自身的原则和生命的价值。同时，速度和效率也驱使人们对自然和世界无限扩张，并认为人类是支配一切的力量。

我经常想：为什么我们现在这个社会对物质的欲望会这么强烈，对财富的渴求会如此迫切，仿佛金钱成了衡量一切成功的标志，仿佛不管用什么手段，经历什么过程，有钱才是最后的人生追求？那么，人到底需要多少财富，生活才能快乐和幸福？总是被物欲控制的我们，什么时候才能真正解放自己的精神和心灵？其实，只要慢下来就可以。慢生活，意味着简单。生活简单了，占有欲、购买欲就会降低，适当地放慢脚步，其实是对自我的一种舒展，也是对大自然的一种释放。

慢生活的概念是 1989 年在意大利出现的，接着便风靡世界。这里的“慢”，是指人们开始在生活中放慢节奏，找到平衡。其实，早在我国魏晋时代，张瀚、阮咸、王徽之等雅士已经懂得了慢生活，他们服从内心，热爱自然，把生命从物质的束缚中解脱出来，更优雅、从容。慢生活不是磨蹭，更不是懒惰，而是让速度的指标“撤退”，让人生变得舒适和谐，更接近我们生存的本真。

当从大自然中获得的野趣和闲情逸致离我们越来越远，当过劳死、抑郁症开始笼罩职场，当灵魂开始挣扎的时候，你会反思，会知道，慢才是生活。因为生命并不是一场竞赛，而是一条自由舒缓流淌的河流，当我们为生活疲于奔命的时候，真正的生活正在离我们远去。

儿子说，每年七八月份，很多西方城市就开始放假，形形色色的家庭都会在各地休闲或在某个美丽的海滩上晒太阳。你羡慕吗？羡慕的话，你也慢生活吧。

“够了”是一门很难的哲学，更多不等于幸福。有人曾说，“忙”这个字左面是心，右面是亡。人太忙了，心就死了。

一直喜欢梭罗写的《瓦尔登湖》，看多少遍都不厌倦，在老家瓦尔登湖边自耕自食生活的梭罗无疑是一个因慢生活而变得自由快乐的人。现如今，人们总是被工作、账单、房子压得喘不过气，为什么不能慢下来呢？其实，慢下来你才会知道自己真正的需求是什么，适当的慢生活能让你觅得内心的那份恬淡与宁静。

素质不是一夕养成的

受韩流的影响，我对韩国电视剧中时常出现的济州岛充满向往，于是利用年休去了一趟。在济州岛美丽的风光后面，我却碰到了几起挺乌龙的事情。

到济州岛的当天，在机场里就碰到狗血事件。出关时，大家都在排队，快轮到我时，排在我前面的一个东北口音的女子突然跑出队伍，不一会儿，她带来十几个队友，然后说，让一让，让一让，我们是一个团队的。韩国机场工作人员听见声音走了过来，用不熟练的中文要求他们按秩序排队，可他们一再强调自己是一起的，仿佛插队是件理所当然的事。

想想都是中国人，也不赶时间，就让他们插个队吧。可我明显看到了那位韩国工作人员鄙夷的目光。当时，真恨不得跟他们说，还是排队吧，别丢中国人的脸，但最终他们全部通过插队出关了。

到韩国旅游的国人都认为购买韩国的化妆品是最合算的。因此，新罗免税店里每天人山人海，大部分是中国人。为了迎合这种消费盛况，每个柜台的销售员都会说中文，而且说得相当好。然而，从免税店出来，又遇见了一件让人郁闷的事。两个中国人因为不走人行横道被两个韩国警察追赶。其中一个人高马大的女人一边拎着东西跑，一边回头叫韩国警察“别追了，别追了”。韩国警察可能根本听不懂她说的是什么。可明知道做错了，难道不应该认错，还要拼命跑吗？

最后，这两名游客在跑过两个街区后，被韩国警察追上并带到警车旁边。处理结果我不知道，只是觉得好丢人。

回程的机场里，每个人都是一大堆的行李。过安检时，一个女子不知因为什么与一个中国男子发生了口角，并且很快上升为两个旅游团之间的争吵。那个女人大爆粗口，虽然妆化得很漂亮，但那一刻给人的感觉是那样丑陋。内心不善外表再美又有什么用呢？同行的女伴说，有一次她在法兰克福机场，看见两对中国夫妻一直在争吵，原因是排队时相互挤了一下。双方一边争吵还一边互相指责对方素质低，丢了中国人的脸。朋友说，看到这样的情景，真让人无语。

在济州岛，五六岁的韩国孩子就知道垃圾分类，他们会把不同的垃圾扔进不同的垃圾袋里。因为如果不分开放，韩国的环卫工人就要用手一点点地把它们清理出来，然后分类。韩国人特别注重礼仪和细节，随便到哪里，他们都会弯腰和你打招呼。

我们的韩国导游是一个在中国待了六年的二十四岁小伙，他说韩国人特别爱国，济州岛会被评为世界新七大自然奇观，就是因为当时全部韩国人都在网上为之投票，他们的爱国是发自内心的。在济州岛，我们没有看到一辆外国车。一开始我以为是国家规定不让买外国车，可导游说，韩国从来不会限制市民自由购车，大家都自觉买本国车。济州岛有五十五万人，三十多万辆车，平均一个家庭两辆车。满大街的汽车不是现代就是起亚。没有任何强制规定，万众一心的感觉就是这样形成的。

一个人的修养、素质是在潜移默化中形成的，是后天教育和培养的结果，也是多种因素共同作用的结果，环境、榜样、主观能动性都会对其产生影响和制约。素质的养成是一个渐进的过程，它不可能“突变”或者“飞跃”。一个在国内习惯于违反交通法规的人，要他到国外一下子改掉这种毛病是不可能的；一个在国内习惯随地吐痰、乱扔垃圾的人，到了国外可能会相对收敛，但一不小心就会露出马脚。

可见，素质的提高不是一朝一夕的事，无法一蹴而就。随着中国经济的发展，中国人的腰包鼓起来了，希望中国人的素养也能越来越好，而不仅仅被人看成是有钱却没文化的“土豪”。实际上，中华民族的祖先是最讲礼仪和文明的，出入有礼有节，如果我们平日就注重自身的文化和修养，习惯成自然，那么现代的中国游客向人们展现的就应该是举止得体的形象。

第二辑　守望，岁月柔软

仰望冰心

写作是一条寂寞的道路，我有幸在这条道路上结缘了冰心散文奖。

2016 年 6 月 18 日，对于我来说，是一个特殊的日子。这一天，第七届冰心散文奖颁奖大会在承德市兴隆县举行，我的散文作品《外婆与油盏馃》获得了这一殊荣。

冰心先生是我心目中的偶像。从小我就喜欢读冰心的散文，《小橘灯》《繁星》《春水》等，她文章中体现出的那种母爱、童真让人感动，简朴的文字中蕴含着纯净之美。其文温婉典雅、轻灵俊秀，特别适合女性读者阅读。然而她的情感又是如此的深沉，思想是如此的深刻，冰心先生曾影响着好几代人，并将一直影响下去。

作为一个基层作者，能获得冰心散文奖，我的内心充满了感激。因为冰心散文奖曾经是每一个散文人的梦想。当我在台上接过这个沉甸甸的奖牌时，心中充满了感激和责任。十八年前，冰心先生把爱留给了散文，留给了文学；十八年后，我们要接过这个接力棒，奋勇前行。

领奖大会之前，我去了位于北京芍药居的鲁迅文学院。鲁迅文学院是文人的精神家园和文学殿堂。院子里，很多杏子黄了，时不时有一两颗落下来。走在小道上，院子特别安静。每条小道上都有一些大师的塑像，他们是鲁迅、郭沫若、丁玲、艾青、叶圣陶、曹禺、老舍、邹韬奋、朱自清等，我内心充满虔诚，一一拍照。在冰心塑像前，我特意多拍了几张。冰心塑像旁的一块石头上，刻着她的一句话：有了爱就有了一切。我在心底默默地念着这句话——爱是付出，是责任，更是担当。

在颁奖活动中，冰心先生的女儿吴青老师是给我印象最深的人，此次她是拄着拐杖来参加大会的。在来参加颁奖大会之前，她因为腿疼走路困难，本来要去医院做检查，主办方就提出等吴青老师腿治好了，下一届再参加。可吴青老师说，我知道全国各地的作者都希望我去。我去是一种责任，我一定要去。

第一眼看到吴青老师，很难想象她已经是年近八旬的高龄老人。虽然头发花白，但声音洪亮有力，精神矍铄，充满热情。吴青老师说："我的妈妈冰心，她的创作年限是七十五年，她一直在坚守着做一个大写的人，一个有独立思想和人格的人。我们每一个人，都要坚持自己的人品与人格，坚持讲真话。我们每一个人要对社会，对国家，对世界尽一份爱的责任。妈妈的文字，就是这种爱的表达……"

吴青老师传承了冰心先生博大的"爱"，这是冰心先生坚持一生的文学观和人生哲学。她说，爱就是责任，爱就是担当，爱就是分担。她的话赢得了大家经久不息的掌声。

颁奖大会结束后是一天半的自由活动时间，原本我以为吴青老师会提早回去，没想到她却和我们一起集体坐大巴参加活动，没有一点名人的架子。在和吴青老师接触的过程中，她看到谁都笑眯眯的，有时我还没有来得及跟她打招呼，她就先和我打招呼了。

在活动中，我偶尔会搀扶着她，她就转过头来对我笑。晚餐时，我们坐在一个桌子上吃饭，吴青老师看到男士都有啤酒喝，可我们女士什么也没有，她就说，这个饮料是不是要自己争取呀？一开始我以为她只是开玩笑说说的，没想到她真的叫来酒店的负责人，跟他说，你看他们男士都有啤酒，我们女士为什么没有饮料呢？餐厅的负责人很不好意思地小声说，这个是我们考虑不够周全，马上就给你们上饮料。不一会儿，主办方拿了一箱核桃露来放在桌子旁，吴青老师特意弯下腰，一个一个地为我们女士发放。她煞有介事地伸下舌头，说来喝来喝，这是我刚刚为大家争取到的权利，你们看到了吧，很多权利，如果你不去争取就没有。所以，你们要记得，权利不是给予的，而是要争取的。

然后，她看到别桌的女士没有饮料，又马上对我说，来，把这些饮料给别桌的女士们送去，就说是我帮她们争取到的权利。我被吴青老师的认真和可爱感动了，一桌桌地把饮料送过去，然后跟他们说这是吴青老师专门为大家争取来的，一定要喝哦。

很快我们就熟悉了，吴青老师给我留了她的电话号码，欢迎我回去后给她打电话。在一次聊天中，她突然举起挂在脖子上的玫瑰花项链，问我："你知道我为什么挂这个项链吗？"我笑着摇摇头。她说："玫瑰花是妈妈最喜欢的花，为什么？因为有刺啊，敢于说真话啊！我妈妈是一个正直的人，我也一定要做一个正直的人！所以，我一直挂着这条玫瑰项链。"于是，我想起冰心先生的散文《我和玫瑰花》，原来冰心先生一生喜欢玫瑰花的缘由是这样，她喜欢的是玫瑰花那坚硬的刺和与众不同的风骨。

吴青老师说，1984 年，她当选为北京市海淀区人大代表的当天，母亲冰心送给她一本《中华人民共和国宪法》，并写下了林则徐的名言："苟利国家生死以，岂因祸福避趋之"。近三十年来，这部《宪法》不知被吴青老师翻过多少遍，因为她觉得接过的不仅是一部《宪法》，更是父母亲那一代知识分子追求民主、科学、法治的精神，这种精神今天更应该让它延续。

吴青说，我们每个人都要做“真人”，对不公平的事情要发出声音。默认就是支持，就是同意，早晚会成为受害者的。对每一个人来说，要从自己做起，对自己做的事情负责任。任何一个人，都有自己的责任。希望每个人从身边的事做起，唤起民众的民主意识、参与意识。

这次颁奖大会时间虽短，但对我来说是一次向文学大师们学习的好机会，也是一次灵魂洗礼。与冰心散文奖结缘，是我文学生涯中的一个新起点。正如冰心先生所说——“成功之花，人们往往惊羡它现时的明艳，然而当初，它的芽儿却浸透了奋斗的泪泉，洒满了牺牲的血雨。”我，当年那个被冰心先生爱的光芒照耀过的女子，如今，正通过自己的努力，突破自身的障碍，学习更多的知识，争取更大的进步。

海榴红似火

我爱上茶花时年龄还很小，那时并不知道茶花是金华的市花。

那时，我在山城遂昌读小学，有一段时间，每天放学，一位家住山脚的同学都来约我们一道上山去采野山茶。当我在山间看见一丛丛正盛开着火红火红花朵的山茶树时，是那样惊喜，那种耀眼的娇艳和夺目，让我感到别的花朵与它一比，全会相形见绌。那时，我们整枝整枝地把花采回家，供在瓷瓶里，整个房间因为有了红山茶而显得格外亮丽。第二年春天，茂盛的野茶树又会如期开出许多花来，仿佛是一个久远的约会，它总是在寂寂的山间等着我们的到来。

长大后看《徐霞客游记》，见其中有一段描写茶花的句子，写得很地道："后院有茶花，为南中之冠。由其右转过一厅，左有巨楼，楼前茶树，盘荫数亩，高与楼齐。其本径尺者三四株丛起，四旁葳蕤下覆甚齐，不能中窥，其花尚未全殊，止数十朵，高缀丛叶中，虽大而不能近觑。且花少叶盛，未见灿烂之妙，若待月终，便成火树霞林，惜此间地寒，花较迟也。"

记得外婆家的村口也有一株高大的野生茶花，但我对它没有什么印象，因为很少见它开花。有一年，家住金华的大伯突然来到外婆家，到了之后就爬到高大的茶树上剪了整整两麻袋的茶树枝，说是拿回去扦插的。他告诉我，金华人可喜欢种茶花了，那时我才知道茶花是金华的市花。

读过温庭筠《海榴》诗，其中曰："海榴红似火，先解报春风。叶乱裁笺绿，花宜插鬓红……"这说明在唐代，妇女已经把茶花簪插于鬓发上作为饰物了。我记得小时候爱簪花的外婆每天清晨为我梳好头，总会把各种美丽的鲜花往我头上插，但是否也为我插过茶花，我已经不记得了，也许有吧。

后来，我到金华上大学。有一回，一位朋友从远远的北京来看我，游玩了双龙洞之后，我又陪他游了婺洲公园。当时正值婺洲公园茶花盛开的季节，各种茶花艳丽妩媚、芳姿绰约，我一路走一路给他介绍金华的茶花。朋友是个有心人，回北京后不久就给我寄来一本有关茶花的书，还有几套茶花的明信片和首日封。他说："凭感觉你很喜欢茶花，于是我找遍了京城的书店，为你买了这些有关茶花的资料，算是我对你的谢意。"

事实上，不仅我爱茶花，我的父母也很喜欢茶花。他们在自家门前的花坛里种了许多茶花，大多是从遂昌移出来的珍贵品种。一年四季精心栽培，花开时节缤纷热闹。可有一年花开得正闹时，一个风雨夜里，茶花被人连根挖走了两棵。父亲很心痛，立即报了案，但并没有引起重视。也许那花卖出了好价钱，第二天夜里，那偷花贼一口气偷走了几乎所有的茶花，只剩下两棵弱小的。父亲很生气，他说只要认真追查一下，是可以抓住偷花贼的。可反馈过来的说法是，大案子都忙不过来，还用这么小的事情烦他们。想来他们一定不知道茶花对于热爱它们的人来说意味着什么。书载唐代卢肇在进士及第之前，家境贫寒，但极爱茶花。一日偶出，"新植红茶花"竟然被人"移去"，于是"以诗索之"。其诗写道："最恨柴门一树花，便随香远逐香车。花如解语犹应道：欺我郎君不在家。”诗中把茶花写成女性，诗人以茶花的口气称自己是“郎君”，表达了自己失去茶花的痛惜之情，怨恨自己“不在家”，这是何等真挚的爱花之情！传说还有唐代诗人张籍将爱妾与人换茶花的故事，看来从古到今，爱茶花是大有人在啊！

家中剩下的那两棵弱小的茶花，这几天已经开花了，而且还挺精神呢！

白马湖畔有春晖

凡是喜欢丰子恺漫画的人，都会记得这幅题款为“人散后，一钩新月天如水”的作品——简洁的笔触勾勒出房舍廊前的景致，卷着的竹帘，廊下有木桌茶具，画面大片留白，一弯浅浅的月牙高挂。

这幅如宋元小令般意境悠远的水墨漫画，是二十世纪二十年代丰子恺第一幅公开发表的作品。而当时，他就在上虞县白马湖畔的春晖中学任教。

说起白马湖畔的春晖中学，我家先生头头是道，因为那儿是他的母校，记载着他青春的岁月和欢笑。他带我去他原先上课的教室，告诉我放学后怎样溜到后面的小山坡上摘杨梅，怎样在春晖桥上大声背书。作为一个文学爱好者，我感兴趣的是这儿曾经出现过的那些如星星般在文学夜空闪烁的名字：夏丏尊、朱自清、俞平伯、丰子恺、朱光潜、蔡元培、李叔同、柳亚子……我好奇，这样一个小小的远离都市的学校是怎样如一个巨大的磁场，把这么多的名人吸引过来，以至白马湖畔一时间群星璀璨、群贤毕至。

走进春晖校园，与别处不同。现在省内一般的重点中学早已是现代化的建筑风格，但春晖依然是那样古色古香，仿佛几十年来从来没有变化过。四合院、圆拱门、书院长廊，那走上去吱呀作响的楼梯，一扇扇木板小门，一下子把人拉到了那个五四新文化运动年代。也许我站的这个地方，当年夏丏尊也曾站过吧；我摸着的这段走廊扶手，也许朱自清也曾在这儿倚廊望月的吧；我们合影的春晖桥头，当年曾响过多少文人细碎的脚步啊……斑驳的遗韵中处处流露着深厚的人文底蕴，蕴涵着建校之初的大家风范。

春晖的创始人名叫经亨颐，浙江上虞人，春晖校园里有他的雕塑。经亨颐提倡发展平民教育，培养有健全人格的国民。经亨颐常对学生说："什么是人格？人格是做人的格式。""求学何为？学为人而已。"他期望学生弘扬古人修身、齐家、平天下的精神，从改造自己做起，以达到改造社会的目的。

这些迥然有别于其他学校的举措，让春晖中学一时间有了很高的声望，在中国教育界留下了"北有南开，南有春晖"的美谈。

走过春晖桥，沿着那条狭窄的小路，我们来到了夏丏尊的"平屋"。当年，夏丏尊从湖南长沙第一师范学校辞职来春晖筑屋定居。六间粉墙黛瓦的房舍，一个小小的院子，名之为"平屋"。院落里，他亲手栽植的梅树、梧桐已很高大。

当年，夏丏尊在春晖教国文，为让学生获得真才实学，他自己精编教材。所选课文除部分优秀古典作品外，其余大多采自《新青年》等刊物。他要求学生做文章要"言之有物，不准讲空话，要老实写"。据说，当时夏丏尊喜欢穿一件竹布长衫，略蓄短须，看到学生眯着眼微笑……

站在"平屋"里，想起有文载夏丏尊曾对人说，李叔同教图画、音乐，可他懂得的不仅是图画、音乐。他的诗文比国文先生的好，他的书法比习字先生的好，他的英文比英文先生的好。夏丏尊这样评价李叔同先生，其实他自己也是这样。夏丏尊早年留学日本，口语、笔译堪称娴熟，回国后长年教国文，可科学、佛典、金石、书法无一不通。1946 年，夏丏尊病逝于上海，其家人遵其遗嘱，将他安葬于象山之腰，与春晖中学隔湖相望。

丰子恺居住的“小杨柳屋”与夏丏尊的“平屋”相距很近。他在春晖任教时，常常随手描画一些画稿，内容多取材于孩童的稚趣、学校的日常情景以及乡村的家居生活。一次，丰子恺、夏丏尊在朱自清家闲谈，孩子们跑进跑出地玩耍。桌上是现成的笔墨，丰子恺顺手为朱自清的女儿画了一幅漫画肖像。朱自清爱不释手，请夏丏尊写几个字。夏丏尊即在画的上方题了“丫头四岁时子恺写丏尊题”。朱自清将此画用作了散文集《背影》的插图。

1924 年，一个“微风飘萧的春日”，朱自清来到春晖中学任国文教员。在朱自清的文字中，他称白马湖畔的岁月是“一生中难得的惬意时光”。想来许多人读过朱自清《春晖的一月》，那种对自然环境的愉悦之情流露在字里行间。朱自清在春晖，一反“师道尊严”的传统，无论遇到什么问题，他都和学生平等地讨论。

通过文人的文字，我们可以想见当时的春晖中学一定是块乐土，因为有一批气味相投的朋友在一起执教。他们志同道合，朝夕相处，友情甚笃。朱光潜是教英文的，他的第一篇美学论文《无言之美》，就是在朱自清、夏丏尊的鼓励下写成于春晖。那时，文人们时常在白马湖畔谈社会，谈文艺，谈抱负，直谈到夕阳西下，月上东山。“天上偶见几只归鸟，我们看着它们越飞越远，直到不见为止。”“在没有月亮的夏夜，可以在田野里看到萤火虫……那是成千成百的萤火，一片儿飞出来，像金线网似的……”

坐在春晖桥畔，天色渐晚。那临湖的半坡上，“天意怜幽草，人间重晚情”的字迹和弘一法师的“晚晴山房”，正和我们一起默默地守望着白马湖的山野时光。

守护手心的那颗稻种

那个让人感动的、充满暖意的春天结束了，你们中的大多数人，会背上简单的器具，走向远方。当季节再一次转换颜色，稻谷成熟——这是你们亲手种下的稻种——那时你们并不知道，万年之后，有一个名叫浦江上山的地方，因为你们的播种而举世瞩目。

在市声尘嚣之中，在那片古老的遗址上，我们听不见生命原本的声音。那片遗址与普通的农田没有什么明显的区别。然而，透过这些泥土，我们能感知那个上万年前的风沙，那是一个属于你们的世界。

每个人都有一个时代，时间是个大魔法师，它能让一切腐朽化为神奇。

在岁月的流转中，在历史的长河里，人类总能创造一些奇迹。浦江的上山就是一个很好的证明。

在上山历史博物馆，那些从远古的泥土中挖出来的器物肯定是为了带给我们某种重要的启示，才会如此真切地显现在我们面前，让我们看到其内在精神价值的光亮。

在博物馆，所有的陶罐都是残缺的，它被后人按想象修补着。太久远了，那个年代连完整点的东西都找不到。在一个陶罐上，我看见一些纹路，像是制作者无意留下的指纹，内心非常震撼。这些纹路与现代人没有任何区别，我仿佛触摸到了那个远古时代的个体和体温。只是那个年代永远回不去，这似乎是一条很私密的接触途径，有着神秘的指向，只是大部分人一如你我，并不能读懂。

不少时候，看着这些没有生命却有着生命气息的陶罐，我们会感慨、流泪，因为它触动了我们心灵深处最敏感的东西。陶罐只是残片，经历了无数的朝与代，它本不想受伤的，但最终伤痕累累。不知道是什么让它受伤，也许是一场洪水，也许是一场地震，也许是一场战争……只知道那是偶然，也是必然。就像人一辈子，总想任何事情都完美，但事实却并非如此。人们总是会不断受伤，伤口会一次次结痂，硬得像陶罐的残片，然后发现无论怎么修补，都再也无法回到原先的样子。

这种必然的力量，我无法对外人言说，也很难准确地表达，却分明感觉到了。人生的跑道大致如此，无论你往哪个方向跑，都会有风迎着你。于是，在大彻大悟的时候，你选择沉默。

那时，种稻子的同时你们也谈恋爱吧，只不过更为简单、更为单纯、更为直接。也许是一个眼神，也许是一个手势，就心身相许了。

你们会不会像王小波写的那样："像两个孩子，守在一个糖罐旁，一点点地尝，看看里面到底有多甜。"可那时，你们还没有糖，你们会围着陶罐，把一颗颗稻子一点点地剥成米，让丰收的喜悦挂在脸上，并告诉子孙后代这是你们赖以繁衍的根本。

有时候，很想回到这种原始的生活，静静地做简单的事情，然后感受最直白的幸福。而不是像现在，任何事都附加了条件和筹码，计较来计较去，总觉得这社会不公平。

生命的真正需要，无非也就是那一颗颗饱满的稻子，以及养育一株稻子所需要的空气、阳光、泥土和水。千古如斯，单一而平凡。但是，如今的人，需要的东西是那么多，种种贪欲永远无法满足。骄傲的人啊，请抛开不必要的虚荣心和野心吧，你就会知道，这些最简单的享受才是最醇美的。

生命是人存在的基础和核心。如果反其道而行之，耗尽毕生精力去追逐金钱、权力、名声、地位等，拥有太多的社会堆积物，就会让生命本体失去意义，在浮躁的社会中，生命真实的声音也会被遮蔽。

风过，轻扫一畦稻叶如蝶，告诉你另一季节的开始。一轮又一轮，上万年的时间，人类终于从蛮荒走向了文明。

纪伯伦有诗言："因为生命是不倒行的，也不与昨日一同停留。"古人的步履夹着时光的身影匆匆流逝，在悠远的时光背景上，在大自然面前，人类是多么渺小，又是多么伟大。生命是宇宙间的奇迹，它的来源神秘莫测。我们没有理由不善待一切生命，以及所有与生命有关的人和事。

保持赤子心，人类才能不断进步。

守护生命，守护本原，就像守护手心的那颗稻种一样小心翼翼。

那些昔日黯淡下来或依旧明亮的陶罐碎片，会让内心变得火热辉煌，就像美丽女子唇边那一抹笑，温润而从容。

悄悄，别离。

雨停了，雨气还在。

人远了，时光还在。

听，在水向泥土缝隙更深处去时，那万年前的每一颗尘土都在尽情地呼吸，它们有生命、有感知，它们见证着中华大地的日新月异和时代变迁，见证着华夏文明绵延不绝的更替和繁衍。

逶迤古道说风情

这几年，不断地听人们说起古道，文化人在说，书画家在说，旅行者在说，一时间，古道成了生活中的一个热门词语。

其实，古道对于小时候的我来说，就是一些可以抄近路徒步行走的山路。记得儿时，我从外婆家到舅婆家，走的就是一条细细长长的山间古道，古道的中途肯定有一个供大家走累了歇脚的凉亭。每回只要看到凉亭，我就知道已经走过一半路了。等远远地看见半山腰那棵要三四人才能合抱的大樟树，便开始奔跑，因为这意味着马上就可以到舅婆家，马上可以吃到糖水煮蛋，马上可以见到亲爱的表兄妹，马上可以尽情地玩耍。

各地都有古道，这些古道曾是先人外出交往、经商、求学、任职的必经要道，现在大多荒芜，偶尔当地村民上山采药、劳作时仍然行走，但作为交通要道的功能已然退化。

刚参加工作时，有一次去大山深处采访一位种红豆杉的老农，我走了两个多小时的古道才到达他的种植基地。当时我二十岁出头，不谙世事，不懂人情，对整个世界充满好奇。在古道上行走就像一只活泼的云雀。走的是洒脱，是欢乐，是一门心思赶路的新鲜。古道于我，只是一条普通的山路。

时隔漫长的年岁，如今我再走上古道，古道在我眼中才有了另外的含义。我走的是沧桑，是岁月，是心情，是世事洞明后的孤单和沉默。因为懂得，所以慈悲。行走在古道上，我庆幸自己是一个从传统一点点走到现代中来的女子，既对中国旧时的山路、老宅、店堂、古街有亲身的体会，又能紧随科技日新月异的发展，知道网络、邮轮、飞机、高铁的好处。在我眼里，文化是传承的、延续的，它们从来不曾出现断层。不像我家那个90后的孩子，他不知道古道上拎着的一包白砂糖上面为什么要有一张红纸条，不知道洋油灯微芒的乡村夜晚是怎样的静谧，不知道露天戏台的戏一唱就可以唱两三天的……

今年油菜花开时，我跟随一批画家到乡间写生，途经一条古道。古道有一米多宽的路面，一律铺着厚实的长条青石板。如果说我以前走的古道是小家碧玉，那这条开阔的古道感觉就是大气沉着的当家汉子。

古道山脚处有一个让人们走累了歇脚的普通凉亭，取了一个好听的名字——陶然亭。我没有去考证陶然亭是不是与陶渊明有关，只是那种“山气日夕佳，飞鸟相与还。此中有真意，欲辩已忘言”的自然本真，与此处的凉亭倒是契合的。

翻过一个山梁，古道拐弯处有一片空地，上面种着一畦畦翠绿的土豆。相比山间的小花，我更喜欢泥土的厚实和庄稼的甜美，更在意烟火的日常和农人的忧乐。我喜欢看见种子在黝黑的泥地里发芽，喜欢单薄贫瘠到丰盈收获的朴素过程。它们比漂亮的花儿更实在。

这个午后，在古道上，别人都赶到前面去了，我坐在古道一侧的老石条上，沉默着。高远的白云和长风，轻快地洗涮着我的肉眼和身体，悠远的古道此刻彻底安静下来。

虽然许多石板已经风化，露出了石头内在的肌里，但它的衰老比我们经久，人类的生命比石头脆弱得多。在山脚的村子里，我们看到了该村八十五岁老人珍藏着的一套民国时期的家谱。这套家谱共计四十多本，不少已经残缺破损。我小心翼翼地抽出其中一本，封面上落满了灰尘，我轻轻地吹掉那些经年的泥沙，小心地翻阅，生怕弄痛先人脆薄的骨骼。

书页里，有的名字已经被虫子蛀掉了，留下弯弯曲曲的小洞，那些小洞后面的秘密我们永远无从知晓。我发现宗谱上只有男人的名字，女人是不上谱的。提到妻子，只三字，如“娶黄氏”。提到女儿，只有一行字，如“二女，长适朱，幼适周”，只说了她们夫婿的姓。如果男人有几行列传之类的文字，则为家族中显赫之人，那他的女人也会相应多几个字，但不外乎“温恭淑慎、衣敝茹荼、襄勉成家”，说主妇如何贤德持家。古时女人身份低微，不出远门，可以想见当时古道上也是鲜有女人奔波的身影，南来北往的都是在江湖上讨生活的男人。但每一条古道的尽头，肯定有女人翘首以待的身影和日日期盼的目光，还有那个让男人在外一直牵挂的温馨的家。

记得白居易的《望驿台》：“靖安宅里当窗柳，望驿台前扑地花。两处春光同日尽，居人思客客思家。”每一个古道驿站里的人，曾经都是思乡的人。

“岭外音书断，经冬复立春。近乡情更怯，不敢问来人。”我们不知道宋之问离开家乡在外漂泊了多少年，从一条古道走上另一条古道，然后越走越远。终于有一天，他要回家了，却感觉如此陌生和胆怯。内心越是迫切想知道故乡的情形，反而犹豫踌躇不敢发问。

“古道西风瘦马。夕阳西下，断肠人在天涯”“乐游原上清秋节，咸阳古道音尘绝”……奇怪的是，《唐诗三百首》中，多的是“送别诗”，极少“迎来诗”，可不可以这样想，也许人们习惯了在孤独的时刻写诗，欢愉团聚时反而忙着开心，忘记了写诗？

“长亭外，古道边，芳草碧连天。晚风拂柳笛声残，夕阳山外山。天之涯，地之角，知交半零落。一壶浊酒尽余欢，今宵别梦寒……”李叔同的《送别》曲调优美，清新流畅，词浅意深。少年时我唱，哀而不伤；现在我唱，哀而永伤。看《城南旧事》，看英子那双纯净的眼睛，听李叔同的这首《送别》主题歌，然后泪流，然后凄凉……“人生难得是欢聚，唯有别离多！”人生短暂，时时充满离愁，充满幻灭。

“柳条折尽花飞尽，借问行人归不归。”我们去的那日正是初夏，该返回故园的人，迟早都会返回，为祖宗祭祀，为先人斟酒。但任谁也敌不过岁月，无数的名字在家谱上化成一缕青烟。

那套家谱从宋编写到民国的，多少年过去，中间无数变数，无数风声激荡，一个季节接着一个季节繁衍。唯有古道旁的一汪山泉，还如远古时一样清亮。仿佛所有走过的人，都会停下来，看一眼，掬一捧，然后离去。他们离去时，也曾回转身再望一眼，像今日的我们。而我们也终将像他们一样离去，甚至无法成为家谱上的一缕青烟。

“人世死前唯有别，春风争拟惜长条”，然后呢？然后的然后呢？我们不得而知。

我们在不同的乡间，看过不同的古道，读不同的文章和小诗，遇见的总是相同的自己……岁月苍茫，古道悠然。在人类文明的发展史上，古道曾经是各种风俗文化的发源地，不同历史时期和不同地域会出现不同的古道文化，它承载着人类文明的进步与发展。

岁月的炉火，烹煮春风秋月。古道蜿蜒着远去，日子在回望中，过得平淡简洁……

从“观瀫采兰”到“绮霞兰”

这几天，家中的下山兰开始含苞，暗红的花苞带点青绿，按往常的经验，有个三五日定可以馨香扑鼻，满室皆芳。

我工作过的小城兰溪，史上盛产兰花，因而“溪以兰名，邑以溪名”。一日，在家中整理书籍，发现不善养兰的我，家中有关兰花的书和资料却不少。这些书和资料都是我的朋友——那些养兰爱好者送给我的。有宋代赵时庚所著的《金漳兰谱》、黄庭坚的《书幽芳亭》等，虽然是油印本，可我依然珍藏得很好。由于工作关系，我接触过形形色色、美轮美奂的兰花，当花的主人向我介绍它们时，都像推崇珍宝似的，小心翼翼、无比珍爱。他们的情感不知不觉间感染了我，更何况兰花确实是一种人见人爱的花。它的香气、叶姿以及深厚的文化内涵，使它超越于一般花草之上，成为花卉中的“集大成者”。

古人常常以兰传情，以兰铭志，以兰寄托自己的情怀。屈原佩兰，是以兰自喻，表现志向忠贞，坚定不移；徐渭、郑板桥写兰，是喜爱兰花的高洁，以此寄托自身的高尚情操。

兰溪有一座兰阴山（别名横山），就是郁达夫小说《出奔》里多次提到的那座山，文中有个情节写主人翁董婉珍和钱时英雪后上横山赏景，见到了一幅“最丰华也没有的江南的雪景”。兰阴山古时盛产兰花。双休得空，我经常会上山走走。山上林木葱茂，崇山峻岭之中，兰蕙飘香。山顶立有“横山塔”，山腰有元代所建“兰阴寺”。兰阴寺始建于元大德年间，寺前有摩崖石刻“兰阴深处”四字，署“正德十四年桂月十五御题”。

兰溪古代的咏兰诗特别多。最有名的当数明代唐龙的《兰阴春馥》：“丹嶂阴茫长谷雪，翠岚光滴大江流。兰花十里照春水，山鸟无声香自幽。”这首诗至今被很多人吟咏传颂。

唐龙，明代兰溪城中北隅人。明正德三年（1508 年）中进士。曾任按察使，直擢刑部、兵部和吏部尚书，在兵部尚书任内还兼任右都御吏、总制三边军务，相当于今天的中央组织部部长、国防部长和司法部部长，这在兰溪历史上是罕见的。时任首辅（宰相）杨一清说：“公得金华文献之传，洞契圣贤理性之学。”唐龙晚年家居时，选了兰溪八处山水风光写成《兰溪八景》，《兰阴春馥》是其中第一首。巧就巧在唐龙写了《兰阴春馥》，与他同时代的另一位兰溪人赵时齐也是一个喜欢吟诗作词之人，写了一首《兰阴秋馥》——“玉露泠泠谷更幽，含芳香气集枝头。扁舟欲买寻僧院，凝坐淡空澈素秋”，证明当时的兰阴山一年四季兰花花开不断，从春到秋都有人上山赏兰寻兰。

明代著名学子、兰溪人胡应麟也作过七首有关兰花的诗，其中两首乐府，一首古风，四首五言绝句。其中有一首就是直接以“兰”命名的五绝诗《兰》：“瑶琴月下弹，罗带风前解。大似薛家娘，幽香匀素彩。”诗人用了拟人的手法，不仅把兰花写得柔美清新，而且把兰花那种无法言传的风韵也转化成了具体的形象，其简洁的用词和精巧的构思表达出诗人对兰花的喜爱之情。

李渔是兰溪的大才子，他出生于兰溪市孟湖乡夏李村。他在老家建“伊山别业”时，就广植花草，最为钟情的便是兰花。为种好兰花，他还四处求教养兰知识。晚年寓居南京时，构筑了芥子园，又专门建造一座“佩兰亭”，写了《兰》与《蕙》两篇散文，将兰与蕙进行比较，指出蕙之所以逊兰者，不在花与香，而在叶。

赵四小姐（赵一荻）是兰溪灵洞乡人，喜欢兰花。张学良也爱兰花，甚至亲力亲为，育有数百盆珍贵兰花。张学良曾说过：“我第一爱夫人，第二爱兰花。”说兰花是花中君子，其香也淡，其姿也雅，并作兰花诗：“芳名誉四海，落户到万家。叶立含正气，花妍不浮华。常绿斗严寒，含笑度盛夏。花中真君子，风姿寄高雅。”

十多年前，兰溪举行兰花村开园仪式时，张学良和赵四曾委托世界兰蕙交流协会会长黄秀球先生向兰溪赠送了两盆张学良手植的名贵兰花。我有幸对黄秀球先生做了一个访谈，并在兰展上看到了这两盆花。同时看到的名贵兰花还有“元吉梅”和“余蝴蝶”。“元吉梅”是1916年浙江兰溪人陈元吉选育，后归杭州九峰阁，二十世纪三十年代流入日本。“元吉梅”是“汪字”兰花的代表，一字肩，刘海舌，是难得一见的春兰名品。“余蝴蝶”原产于兰溪，二十世纪五十年代初，由山农余氏采集下山，后被日本人收走，在日本开花，取名“余蝴蝶”。“余蝴蝶”花瓣可达七八片以上，而且每朵花均不相同，是兰花中的多瓣奇种。这两种名兰“离家”半个多世纪重回故里，让兰溪兰界格外欣喜。

有一年，一位爱兰者在洞源村的山上发现一株奇兰，花色奇特，幽香袭人，便命名为“绮霞兰”，以纪念赵四小姐。

话说，明末清初兰溪县衙门和邑大门额上就书有“观濑采兰”四个大字，极其遒劲。县府衙门上不挂“正大光明”“明镜高悬”之类，反挂如此闲适的“观濑采兰”四字，古人当真是雅到了极处。

春衫薄，蜀酒浓

在成都，蜀酒浓，春衫薄。

桃花纸笺，写满离词。

用一个下午的时间逛锦里。找了一个茶室。

进去，坐下来，和各个熟悉的不熟悉的人打招呼，喝杯茶，听些段子，说些笑话。或者，什么也不干，就是看着。

干净的大玻璃窗，要杯咖啡，或一小杯绿茶，翻翻自己喜欢的书，心情会不错。杯中热气袅袅升腾，新芽亭亭玉立，令人赏心悦目。细细啜之，茶香袭人，馥郁清幽，令人满口生津、心旷神怡。心中赞一声“好茶”，便赏玩着杯子舍不得放下了。有人说饮茶是一种艺术享受，一杯好茶在手，倒真的能让人享受无穷的乐趣。

那天下午下着小雨，等我们从锦里出来，雨已经停了。

说柔媚也好，浓妆也好，时髦也好，成都是一座值得赏玩的城市。

第二天，依然喝茶。找了个露天的，坐在小院里，说说笑笑，看旧日玩伴闪烁其词，看院里老者眯缝双眼，看老和尚专心诵经，小鸟轻轻飞来飞去。顾自闲坐，看日光一点点从院子里移进，看茶几上阳光留下一道道的光痕，心满意足，浮生又偷得半日闲了。

禅师说，活在当下。于是许多人果然活在当下。

梭罗说：“一个人的富裕程度如何，就看他能放开多少东西。”经典啊！在成都，感受愈深。

当生活开始物化时，一些非物质的愉悦就变得迟钝了。喝茶让精神变得简单，在一杯茶里，简单的生活也能喝出层层叠叠的滋味来。

生活闲适，是不是也是一种境界？

茶馆成就了成都。它见证着这座城市的悲欢离合、喜怒哀乐，见证着这个城市的成长，见证着历史的厚重和沧桑。

茶香烟蕴中，缓缓成就了成都人的种种念想和欢愉。苏东坡有诗云“从来佳茗似佳人”，所以我一直对饮茶有着独到的钟爱。待人接物，迎来送往，没有茶不行。茶，说雅就雅到了极致，文人相聚，茶成了抚琴吟诗的必备之物。客来敬茶，历来是我国的传统礼仪，相比于咖啡、可乐，茶更能让人体悟到“俭、清、和、静”的传统美德。

明人许次纾在《茶疏》中说，“明窗净几，洞房阿阁，轻阴微雨，小桥画舫，茂林修竹，课花责鸟，荷亭避暑，小院焚香，清幽寺观，名泉怪石”宜品茶，而成都恰好有这些条件。

到成都，你得去草堂。倒不是说景色有多好，只是心中的情结有多深。“两个黄鹂鸣翠柳，一行白鹭上青天。窗含西岭千秋雪，门泊东吴万里船。”草堂姓杜，这是毋庸置疑的。杜甫，这位“诗圣”，我们是背着他的诗长大的，是在试卷中做了无数道有关他的题目后长大的。而成都杜甫草堂博物馆是现存杜甫行踪遗迹中规模最大、保存最完好、最具特色的一处，自然是必去的。

成都，曾经有薛涛，如今只有喝残的花酒，一股迷离又香艳的城市味道。

薛涛通音律，善辩慧，工诗赋，居浣花溪上，自造桃红色的小彩笺，多用于写情诗、情书，表达爱慕思念之意。这种纤巧的心思曾慕煞多少女子。于是后人仿制用之，称为“薛涛笺”。薛涛曾有和元稹双宿双栖的念头，但元稹是一个放纵多情的人，薛涛就静静地了断了这场情缘。

名臣韦皋对薛涛另眼相看，一捧再捧，把她捧成了蜀中首屈一指的交际花。后来还让她做了自己的女秘书，还想上书朝廷，让朝廷下旨封她做真正的“女校书”。这事据载是后来顾及影响不好而作罢，说到底，薛涛比古时很多女人要幸运。

如今成都的女人，总是在繁华街市里一掷千金。见过成都的女人，你就知道什么叫及时行乐，什么叫今朝有酒今朝醉。

在成都这座闲散而优雅的城市里，散漫的夜晚属于每一个人。喜欢成都，一定也会喜欢它神秘的夜晚，人声、酒香在夜色中缭绕，这恰是“锦官城”里的繁华。

满塘芙蕖香

那种仿佛梦里才有的瑰丽与恬适，却让我在一个清晨拥入怀中。

美丽的荷塘，近在咫尺。无数荷花欣欣翘首，慢慢舒展开来，清香沁入心脾。娇艳、优雅、轻盈，我见犹怜。轻盈的荷花在晨风中婀娜，我内心的喜悦也跟着起起伏伏，一低头的羞涩，一举手的曼妙，连脚步都透着喜欢。

沿着弯弯曲曲的田埂，一朵又一朵的荷花映进我的眼帘，那粉色的笑脸，胜过我所见过的世上最娇美的女子……远在天边的翘首，近在眼前的企盼，荷叶一层层铺展着甜美，把清晨温柔的阳光过滤得碧澄澄。伴随着荷花那含苞欲放的娇羞，整片荷塘更像是一个有着无穷风月的小院。如果说荷花是一个以荷叶为裙的女子，那么所有的男子都会爱上她的柔美……微风抚过，荷塘有了明明灭灭的扰动。花瓣次第打开，每一片花瓣里都开出几个世纪前的阳光，让人眩目，让人惊诧于这无言的美丽。

咦，是什么那样晶莹，那样耀眼？啊，原来是露珠映射了阳光在荷叶上招摇，好似一粒粒宝石，闪着夺目的光芒。

涟漪轻泛，青葱气息扑面而来，满塘荷花那种怒放的美艳，让人心猿意马。每年荷花开，我都会到塘边赏荷。“却喜归来重见，嫣然旧识娉婷。”“风飘香袂空中举，笑摘荷花共人语。”那眉眼间的问候，何需更多？

满满的碎花步子就摇在眼波底下，几枝柔柔的荷茎，在水面写着微风的思念。那盈盈水纹，把落下的花瓣荡漾得无比矫情。静静听，细细品，在时光的深处细嚼那些微弱的回音，笑着听荷开完她所有的花。

美丽只有一季，快乐却漫无止境。这些在清风中跳舞的荷花，让世界的一隅如此清澈纯净。

那粉红的温柔，一不小心沉淀了许多往昔的岁月，带上了诱惑的色彩，哄我迷醉。“最是那一低头的温柔，似水莲花不胜凉风的娇羞”，站在荷塘边，徐志摩的诗境扑面而来，让你不由感慨，原来诗可以写得这么唯美。得知我爱荷，友人特意写了一首镶嵌有我名字的诗给我：“满池荷叶千张扇，习习凉风扑面来。碧波红莲分外俏，恍如六月李桃开。”

看了多年的荷花之后，我才知道古人之爱荷，为什么会爱至极致，赞美荷花的诗文为何如此之多。周敦颐的《爱莲说》自是影响深远；李渔的《芙蕖》，也历数荷花之“可人”。在李渔看来，没有一种花能像荷花这样风韵十足，“迨至菡萏成花，妖姿欲滴，后先相继，自夏组秋，此时在花为分内之事，在人为应约之资者也”。花艳之时，物我两忘。一季又一季，人和花，一起唯美。

在我的印象中，李清照也是爱极了荷的。她的词里，多处提到莲荷。《怨王孙》：“莲子已成荷叶老，青露洗，苹花汀草。”《南歌子》：“起解罗衣聊问，夜何其？翠贴莲蓬小，金销藕叶稀。旧时天气旧时衣，只有情怀不似，旧家时！”最有名的当属《如梦令》：“常记溪亭日暮，沉醉不知归路。兴尽晚回舟，误入藕花深处。争渡，争渡，惊起一滩鸥鹭。”想来她的日常生活，也与荷有着千丝万缕的联系。

荷花娇弱，却不攀不附。炎炎夏日，傲然独立，芳菲四溢，自然天成。我喜欢这种阳光下独特的怒放，哪怕只是几个小时，也让人感到了拼却一生的努力。最后，它的碧叶、莲籽、根茎都会被人们一一撷取。然而来年，荷塘又是一夏的灿烂，泥中又有一季的丰收。

“愿将一滴杨枝水，洒作人间并蒂莲”，荷花正是因为有了出淤泥而不染的心，才成了佛教中的一个象征图像——所有的佛都坐在荷花的宝座上。

每年的荷塘边，赏荷的人们也成了一道风景。淡雅的衣裳衬托着清秀的脸蛋，小伞悠悠地转着。细看，那女子正低头拂花问水，在波光的映射下，就像一幅纯美的图画。

早年，看清人沈复的《浮生六记》，其中提道：“夏日荷花初开时，晚含而晓放，芸用小纱囊撮条叶少许，置花心，明早取出，烹天泉水泡之，香韵尤绝。”讲沈三白夫人小芸如何烹制莲花茶。坐在荷塘边，朋友也为我泡了壶好茶，滋味香醇持久，茶色悦目，细细地品上一品，虽不及小芸的讲究，但那种源自生活的闲情雅趣是一模一样的。

“日长睡起无情思，闲看儿童捉柳花。”世上光阴短，壶中日月长。心若欢喜，便是良所。

一阵风吹来，带着丝丝甜味儿，这应该是荷的香气吧？

想听你唱《一剪梅》：“红藕香残玉簟秋，轻解罗裳，独上兰舟。云中谁寄锦书来？……”想你送我荷花，然后闭上眼听你说，“清水出芙蓉，天然去雕饰”。荷塘边，一个满心喜悦的女子，眉眼间的满足，是不是也是一道风景？

山水有清音

那一年，草木比现在茂盛，各种野果子比现在成熟得慢，林子里一定也像现在一样有金黄的银杏和火红的山楂，还有满地爬的又红又酸的覆盆子。草药应该也比现在多，只是很多我们根本就叫不出名字。风吹过山野，带着荒凉的气息，这一座山名叫大盘山，号称“群山之祖、诸水之源”，但在当年自是人烟稀少。

巍巍大盘山，自古以来是括苍山、天台山、四明山、会稽山、仙霞岭的发脉处；瓯江、灵江、曹娥江也由此发源。大盘山不是寻常之山，所以它在那一年迎来了不寻常之人。

那一年是哪一年？我们无从知晓，正史没有记载，口口相传的只是民间的故事。经过历朝历代文人的演绎，民间的传说往往有更神奇的成分。

传说中那一年，昭明太子骑着白马，一袭青衣，英俊潇洒，风度翩翩——史载“太子美姿貌，善举止”。他的随从挑着一捆捆的书籍，跟着他千里迢迢来到大盘山。

那时候已经有了纸——把丝絮在水中打击，然后揭下留在床席上的薄片，这种薄片就是最原始的纸。有了纸，书籍携带显得不那么困难。要知道，昭明太子是一个多么爱书的人啊。史书《梁书·萧统本传》云："太子生而聪睿，三岁受《孝经》《论语》，五岁遍读五经，悉能讽诵"，而且"读书数行并下，过目皆忆。每游宴祖道，赋诗至十数韵。或命作剧韵赋之，皆属思便成，无所点易。"

当年，昭明太子为避谗言之诬，带着一批人，辗转来到磐安大盘山麓。想来此时他的心境是复杂的，朝廷的钩心斗角和风风雨雨横亘在他的心里，犹如一块沉重的石头。然而，当他沿着山道往大盘山深处行走时，鸟啼婉转，流水潺潺，奇峰异石，风光旖旎，不由得被深深吸引。左手边，清凉的涧水清澈见底；右手边，古木葱郁，环境幽静。抬头望着眼前这片青翠的山野，风若有若无地吹着，夹杂着无边的凉意和清雅的花香。无名的小花开在身旁，与野石斛、野杜仲等草木相映成趣。一时间，太子被大盘山沁人心脾的山野风情所诱惑，停下了前行的脚步。

昭明太子，名萧统，字德施，是梁武帝萧衍的长子，生于公元501年，母亲是梁武帝萧衍的贵嫔，两岁时被立为太子。据传，昭明太子在大盘山隐居读书处有三地：一在王隐坑，位于大盘山北麓，此地两岸青山相峙，中夹一水，风光秀丽，盛产竹木、天麻。二在大盘山顶，海拔一千多米，峰顶是一块形如刀劈的平地。旁有天池，池旁就是昭明太子结庐读书的地方。后人为纪念昭明太子，在此建造昭明院。第三个隐居处相传在仙人洞，位于大盘山西边山腰，处在悬崖之中，其下万丈深渊，非勇于探险者不能进，相传昭明太子曾在此弈棋读书。

昭明太子之所以被后人永远记住，不是因为他当了多年的太子，而在于他编选了我国现存最早的一部文学总集。这本集子收录了先秦至齐梁间一百三十位作家的七百余篇作品，并按照赋、诗、骚、诏、册、令、教等文体编排。每类文体下又按内容分成小类，作品大致按照时代先后排序。因为是昭明太子萧统主持编选，故称《昭明文选》。

《昭明文选》是研究汉魏六朝文学重要的津梁，由此上溯，可清晰看出中国文学从先秦到齐梁间发展演变的轨迹、各种文体的发展轮廓，是中国文学史上重要的文学资料。

杜甫诗云："呼婢取酒壶，续儿诵文选。"杜甫的意思是把《文选》作为孩子教育的必读之书，从小让儿子诵读。陆游《老学庵笔记》有"《文选》烂，秀才半"之谚；理学家朱熹也认为，李白诗好就好在始终学《文选》上。我们可以想象，在唐宋时期，文人学子们读《文选》，大概就像我们今天读唐诗宋词、明清小说一样。可见，《昭明文选》历来受到文人学者的重视，甚至被当作科举者的必读书。其对后代影响之大，远远超出了他的太子身份。

清代东阳县令俞允撰《盘山洞》诗云："缤纷洞口草芊芊，晋代名山古树妍。水满石盆留昔日，风流帝子问当年。论文不朽千秋著，栖壑孤芳百世传。愧我薄书徒踟躇，还有典雅梦相牵。""论文不朽千秋著"恰到好处地说明了昭明太子对后世文学的巨大贡献。

昭明太子少时即有才气，且深通礼仪，性情纯孝仁厚，喜愠不形于色。为了专心选文、攻书、撰写文章，太子将宫女、御乐全部遣散。有人疏谏反对，太子咏左思招隐诗"何必丝与竹，山水有清音"，表明自己的态度。

"白云飞兮江上阻，北流分兮山风举。山万仞兮多高峰，流九派兮饶江渚。"这是昭明太子写大盘山的诗，写得大气磅礴、卓尔不凡，大盘山的巍然气势跃然纸上。

大盘山民风淳朴，岁月悠长，自古是隐居的好地方。《昭明文选》历代注疏本层出不穷，版本极多。在我看来，只要《昭明文选》不朽，大盘山的昭明文化就会一代一代地传承下去。

北碚的文化品位

从重庆回来，我问朋友，重庆的北碚区你知道吗？那可不是一个寻常的地方。朋友却大多没有听说过北碚，他们问："为什么说它是个不寻常的地方？"我想这其间最大的因素就是文化了。

北碚是座文化富矿，它的山水吸引过王维、杜甫、李商隐等名家，留下过"君问归期末有期，巴山夜雨涨秋池，何当共剪西窗烛？却话巴山夜雨时"这样脍炙人口的诗句。抗战时期，重庆曾是我国的政治、经济和文化中心，一大批文化名人都在那个时期到过北碚，他们在北碚驻足盘桓，讲学著书，为北碚的历史留下了辉煌灿烂的文化写真。

1940 年 7 月，艾青来到北碚，在陶行知先生办的育才学校任文学组主任。在此期间，他还积极向胡风先生在北碚主编的《七月》杂志投稿，成为"七月派"诗歌创作的领头人物。著名教育家梁漱溟在北碚主办了勉仁学校，并写成了他的文化学名著——《中国文化要义》，迄今对中国文化学研究有着权威的影响。

1940 年，翦伯赞在北碚担任《中苏文化》杂志副主编。在北碚六年时间，除了编杂志，他还时常去育才学校讲学，并完成了《中国史纲》第一、二卷和《中国史论集》两辑。1945年夏天，国立戏剧专科学校迁至北碚，为北碚带来了著名剧作家曹禺先生。当时，曹禺任该校教授。冯玉祥将军在抗战爆发后，常到北碚各乡镇做抗日演讲，一度长住北温泉、缙云山，义卖字画，募捐抗日。

1938年，女作家萧红随端木蕻良到北碚复旦大学任文学系教授。在此期间，她创作了《野山的呼唤》《朦胧的期待》《逃难》《山下》《莲花池》等短篇小说和《回忆鲁迅先生》等随笔，同时动笔创作酝酿多时的长篇小说《呼兰河传》。她在北碚待了四年，这位桀骜不羁的女子是当时北碚为数不多的女才子之一。

到北碚的第二天，我们沿着步行街前往老舍旧居参观。老舍旧居位于区委大院内，四周都已是办公楼和宿舍楼，独有这幢古旧的老屋孤零零地立在半山腰。进门一眼就看见了一尊老舍的半身塑像，再往里走就是卧房，房间不大，但很幽静，窗外是长到齐窗高的绿树，书房的桌上端端正正地摆放着一支老舍先生写作用过的毛笔。老舍在北碚写成了饱含历史沧桑感的《四世同堂》第一部《惶惑》和第二部《偷生》。

雅舍，是我到北碚后最想去看看的地方。一直以来，我都很喜欢梁实秋的散文、随笔，那是一些非常有思想的文字。梁实秋在北碚住了八年，1939年到北碚定居，1946年秋离开北碚。他将在北碚的房子取名为“雅舍”，并以“雅舍小品”为名陆陆续续发表散文随笔三十四篇。1949年，这三十四篇散文随笔由正中书局结集出版，取名为《雅舍小品》。《雅舍小品》出版后，受到了众多读者的喜爱。雅舍位于西南大学近旁的一个小山坡上，是一处闹中取静的好场所。远远地望见宽宽的马路旁有一块大石，上书“雅舍”二字，我们沿着一级级石阶往上走，尘世的喧闹就一级级被过滤下去。这幢青砖砌成的小平房，就像它的名字一样，非常雅致可爱。“茅庐八载苦中乐，小品千章思路开。一举名扬海内外，世界文坛展奇才。”以这儿为起点，梁实秋把雅舍推向了世界，之后梁实秋又先后出版了《雅舍小品续集》《雅舍小品三集》《雅舍小品四集》。可见，雅舍是他最爱的称谓。

1942年，国立编译馆迁来北碚新村，随之而来的还有许多专家学者。如当时的教育部研究员李长之、儿童文学家陈伯吹、著名画家伍蠡甫等。

后来，复旦大学迁校于北碚，许多爱国的教育家和爱国学子也接踵到来，在抗战的烽火硝烟中，造就了文化报国，拯救民族危亡的浓烈爱国氛围。一大批文艺刊物，如《七月》《文种》《诗垦地》等，相继创刊发行，产生了广泛的社会影响。

正是这样一批文化人垫厚了北碚的文化底蕴，让北碚的文化有了别处所没有的成熟和稳健。那一幢幢的文化遗址，既显示着昔日的文化繁荣，也丰富着今日的文化内涵，是它们在支撑着北碚的文化品位，让众多远道而来的客人流连忘返。

满街都是杜丽娘

在遂昌的那个清晨，我是被窗外那优美的唱腔唤醒的——“原来姹紫嫣红开遍，似这般都付与断井颓垣。良辰美景奈何天，赏心乐事谁家院……”四百年一梦间。当惠风掠过山城上空，《牡丹亭》那熟悉的唱腔，依然清丽婉转，令人痴醉。

遂昌是我从小长大的地方，浙江的一个山城小县，一直不为人所知，近几年却因为旅游和汤显祖文化而声名远扬。每到汤显祖文化节期间，整个县城昆曲悠扬，研讨、踩街、戏曲之夜，热闹非凡。

遂昌的老同学知道我喜欢各种文化活动，因此节前特意打电话邀请我回去。我到之时，在汤显祖为政五年及酝酿创作《牡丹亭》的遂昌，那份发轫于民间的“汤公情”正满城上演，融入遂昌的山山水水，恍惚间我也穿越了四百年的时空。

文化节那几天，我所有的同学都在为汤公忙碌着，天天早出晚归却兴致勃勃。他们说，遂昌满街都是杜丽娘，满街都是柳梦梅。其中一个女同学因为前几天脚伤了不能走路，“不然我要报名当春香丫头的，那妆扮起来多美啊！春香是杜丽娘的婢女，热情、开朗、活泼、泼辣，是不是很像我？”她淘气地和我开玩笑。

遂昌是个小城，走在大街上，几乎所有人都彼此相识，走个百来米可能跟熟人要打十来个招呼，从城北走到城南不用半小时。然而就是这样一个小城，汤显祖文化家喻户晓，男女老少都知道《牡丹亭》。特别是近年来，人们在社区、学校推广昆曲，走在路上的一个不起眼的小学生，也许就能给你唱一段正宗的昆腔。

汤显祖是临川人，但在遂昌任过五年知县。这五年是汤显祖仕途上最重要的岁月。遂昌那时叫“平昌”，山峦重叠，土地贫瘠，素有“九山半水半分田”之称。所谓山高皇帝远，从而能让汤显祖以七品小官的身份执掌实权施展自己的抱负，足可聊以自慰。

在遂昌的五年，汤显祖推行“仁政惠民”的治县方针，兴教办学，劝农耕作，惩治豪强，灭虎除害，受到老百姓的普遍爱戴。在遂昌期间，汤显祖在政务闲暇之际，常常偕地方文人雅士游览山水名胜，写下了大量脍炙人口的诗文。从 1587 年到 1601 年，汤显祖写了四个剧本——《紫钗记》、《还魂记》(又名《牡丹亭》)、《南柯记》和《邯郸记》，合称《临川四梦》。其中，始作于遂昌的《牡丹亭》，是汤显祖的代表作。

汤显祖在遂昌时间不长，却与遂昌士民结下了深厚情谊。他弃官回乡后，遂昌人经常到临川探望汤显祖，汤显祖也不时书信问候遂昌士民。清康熙五十一年（1712 年），为纪念汤显祖，遂昌县令缪之弼主持在县城建“遗爱祠”，奉祀汤显祖。一直以来，遂昌人把汤显祖视作小城的骄傲。

我从小生活的环境，很多元素与汤显祖有关。儿时，我在遂昌县实验小学读书，学校旁边的小弄堂——小学路十五号，有一间破旧的平房，墙面斑驳，就是“遗爱祠”的旧址。“遗爱祠”三个字立在门口，字迹已淡。学校大门左侧则是汤显祖当年所建的三层启明楼遗址。当时此楼为县城最高建筑，汤公时常登楼远眺，“可怜城市欲纷纷，直上层楼势入云”。据说，汤公还放了一口钟在里面，每天早晚敲钟报时，督促人们快点起来耕读，不要再睡懒觉，有点类似现在每天的上课铃声。他还在离学校不远的地方建过灭虎祠，写了《遂昌县灭虎祠记》，以作纪念。只是这些，我小时候就不曾看到任何遗迹。

位于南溪边的遂昌中学是我初中和高中读书的地方，走出校门，正对着的那座桥名叫河桥，就是汤公当年“纵囚观灯”的遗址。那时，我们每日在这桥上走来走去，打闹玩乐，不会去想这座桥有着不一样的身份，更不会去想当年站在这座桥上的犯人们，望着远处的灯火，定是落了泪的。

当年的故事是这样的，说有一年元宵节，汤显祖忙完事务，走出县衙，忽觉龙灯鼓乐，绕城环游。但没走几步，便至监狱，他恍然发现，不管外面再是灯火通明、笙歌燕舞，这份热闹与温馨永远照不到监狱里。于是，他做出了一个惊人的决定：放全部犯人到桥上观灯，并要求他们在规定时间按时回来，结果观灯结束后无一人逃匿。根据项兆丰编著《汤显祖遂昌诗文全编》，再参考徐朔方《汤显祖诗文集》，我们可以从汤显祖写于遂昌任上的两百首诗作中找到“纵囚观灯”的依据。

如今再走到河桥上，想着当年天天走的桥居然有着如此厚重的文化内涵，心中不免有点小嘚瑟。

多年来，遂昌人民怀着对汤显祖的深厚感情，延绵不绝开展各种纪念活动。二十世纪八十年代成立汤显祖研究会，九十年代建了汤显祖纪念馆。接着建起了戏曲公园、汤公园、汤公古戏台，开设了昆曲十番传承学校，成立了古乐坊。汤显祖倾力传授的“遂昌昆曲十番”和“班春劝农”双双被列为国家级非遗保护名录。正是遂昌百姓对汤显祖的尊重与纪念，对昆曲的热爱与坚守，才有了汤显祖文化在遂昌的世代传承。自 2006 年以来，遂昌已举办了六届汤显祖文化节，凭借“小马拉大车”的勇气和执着，凭借着汤显祖、《牡丹亭》、昆曲三大文化品牌，遂昌正让传统文化枝繁叶茂、花香四溢。

老同学告诉我，汤显祖文化之所以在遂昌能如此深入人心，最重要的原因是，每一位执掌遂昌的“县令”都充分认识到这份文化遗产的巨大价值，无论谁上任，都会一如既往地把“汤公文化”这一瑰宝作为重点工程打造下去，不遗余力地挖掘、保护、传承和弘扬。

“满堂溪谷风松，舷歌嗒尔，时忽忽有忘，对睡牛山齁齁一觉。”不信你看，如今的遂昌县前街一号，现在的遂昌县人民政府，依然坐落在以前汤显祖县衙办公的旧址上，县政府正对的牛山，恰是汤公文中所记。四百年，一个人，一座城，一直坚守。私心里觉得，这才是做好一个地方文化最难能可贵的地方。

第三辑　形影间，现世安好

天空瓦蓝

“表哥，帮我扎个纸鹞啊，要比隔壁阿秀的那个漂亮哦。”“你想要什么样子的纸鹞啊？”“我要一只彩色的蝴蝶。”“好，下午就给你扎一个。”

春日有阳光的日子，风一呼儿一呼儿地吹在脸上，田野里、山坡上，都萌发出许多嫩绿嫩绿的小树芽儿、青草叶儿。一眼望去，满盈的新绿仿佛全溢出了山峦，直扑眼帘。“草长莺飞二月天”，春日里，最开心的莫过于放纸鹞。

扎完元宵节的灯，我便开始央求表哥，让他帮我扎一个最美的纸鹞。表哥的手特别巧，他能给我编精美的蛐蛐笼，还能在过年煎糖时给我捏各种各样的小动物。一个下午，蝴蝶、金鱼、蜈蚣，还有拖着两条长尾巴的瓦片鹞便在表哥手中出来了。

春风拂面，我成天提着纸鹞，一刻不离地跟在表哥身后。河滩上，苜蓿地里，油菜花丛中，到处印满了我小小的脚印。我的纸鹞常常飞不起来，急得我乱蹦乱跳，哪怕是春天，也会满头大汗。于是，表哥就先帮我把“蝴蝶”放上天，再让我拉着线，可没跑几步，纸鹞又一头栽在地上，我嘟起小嘴，眼泪就像自来水开了阀。表哥只好把他那只越飞越高的“蜈蚣”给我放，我马上破涕为笑，两眼紧紧盯着天上，不知在苜蓿花丛中摔了多少跤。

田野里，成片成片粉红色的苜蓿花开得正热闹，我跌一回，笑一回。那花丛软软的，像地毯，像被窝，跌倒了一点也不痛，只是全身上下沾满了花粉。跑累了，玩腻了，我便躺在苜蓿花上看天上的浮云，想着如何修补今天被树枝钩破的纸鹞，改天上哪儿放。

表哥家所在的村子不大，离我外婆家只有三里地，十来户人家，村口有株高大的老樟树，村中花卉明艳、绿树繁茂，清澈的涧水绕屋而过，给人一种世外桃源的感觉。

村中心有一口水塘，水塘上方有一株枯死的老树，有一年不知何因一场大雨后，长出了许多密密麻麻的黑木耳。两三天后，竟有小手掌这么大了，而且软软滑滑的，嫩生生地皱褶着，很是可爱。

我皮得很，忍不住爬上去，摘了朵最大的拿在手上玩。表哥见了，说：“这不是黑木耳吗？哪儿摘的？我们再去摘些来，让外婆烧汤吃。”于是我们拿了小篮子屁颠屁颠跑出去，摘了更多的黑木耳回来。外婆把摘来的黑木耳洗净，又从灶架上取下平日舍不得吃的腌腊肉，取精的切成薄片熬了一碗汤。我万没想到这貌不起眼、黑不溜秋的东西居然能烧出这么芳香可口的汤。

腆着肚皮，心满意足之余便是天天围着那棵枯树转了，总指望黑木耳能多长些，长快些。事实上，在晴天，黑木耳总是指甲片这么一丁点儿大，但一场雨后就不一样了，它们像疯了似的往外发，一咕噜一咕噜地猛长，树身上一下子开满了黑黑的“木耳花”。雨有时一下便是三五天，我和表哥便急不可待地披了蓑衣爬到树上去摘。

村里大人从不来管我们，唯有八十多岁的刘家阿婆常挪着小脚，拄着拐杖，抖抖颤颤地来喝止我们爬树，说会掉到水塘里的，会摔断腿的。

我对她的话向来是置之不理的，且嫌她啰唆，背地里叫她“多嘴婆”。然而有一次，我真的摔伤了膝盖，擦破了脸。但小孩子嘛，只要开心就好，那点痛是无关紧要的。

表哥家的小楼是绕着方方的天井筑的，上面没有房间，只是空空荡荡的一个回形走廊，堆了一些柴木和稻草，除此之外，便是小猫小狗的地盘，因为空阔，也成了孩子们嬉闹游戏的乐园。

夏日里，小楼上最凉爽，我们几个表兄妹便铺一张大竹席在楼梯口，凉凉的风从后山吹来，不一会便吸干了我们身上的汗水。我们躺虽躺着，却很少真正睡着，总是你一句我一句叽叽喳喳吵个没完没了。

跟表哥粘知了是我夏日里最喜欢做的一件事。粘知了要用很稠、很黏的蜘蛛网，事前得做好多准备工作。表哥每回都做两只竹箍子，绑在一根长长的细竹竿上，然后我们一前一后背着细竹竿去捞蜘蛛网，蛛丝捞得越多，网就越牢，知了就越容易粘上。人经常走动的地方是没有蛛丝的，我们便到小楼上去捞。小楼的梁顶上、窗格上、柴堆旁常有整只悬挂完好的蛛网，只轻轻一绕就到竹箍上来了。捞足了蛛丝，一身上下也捞得脏兮兮的。

舅妈总要阻止我们。一是怕我们弄脏了衣服，二是怕我们跌倒摔伤。但我们总乘舅妈不注意偷偷摸摸溜上楼去，看捞得差不多时，又悄悄下来，再到门外水塘里弄些水洒在网上，使蛛丝更黏。中午最热的时候，大人都休息了，我和表哥便在一棵棵大树底下忙碌起来，哪儿知了叫声最响就往哪儿赶。看准知了停的位置，便蹑手蹑脚上前，猛地一下把竹箍往知了身上扣，眼看就要粘到了，不巧却被它先察觉一步，“吱”的一声飞远了。有时是粘到了蛛网上，但还未等把竹竿移到手够着的地方，那知了就“扑棱”一下“死里逃生”了。表哥便说蛛网不够稠、不够黏，还得去补点来，于是又背着竹竿尽往脏的地方钻。

待到大人外出干活时，我们已是一脸通红，大汗淋漓地满载而归了。

表哥会把捕获的知了扔进灶内余炭中，不一会儿，灶间就弥漫着浓郁的香味。表哥手脚利索地把知了从炭火中拨拉出来，去壳去尾，专把里头又精又细的肉给我吃。我虽说是女孩，却像个野小子，天不怕、地不怕，结果呢，每回吃的知了都比表哥多，吃得满嘴黑乎乎，长满了“小胡子”，还直嚷嚷好吃。

因为喜欢玩水，我时常怂恿表哥去捕鱼，但表哥一直没答应。有一天晚上临睡前，他突然对我说：“明天我们去捕鱼。”

我兴奋了一夜，第二天天才蒙蒙亮，就轻手轻脚地起来，偷偷潜进表哥的房间，本想吓他一跳，可是被窝里早没人了，原来表哥起得比我还早。

走到门外，看见表哥正在用绳子捆绑他的捕鱼工具。表哥捕鱼，用的是一种懒方法，不用动手抓，鱼儿自己就会送上门来，这完全得益于表哥手上这种叫“竹闸”的东西。

在捕鱼前，表哥会事先在家中准备好“竹闸”。“竹闸”是用竹子一根一根细细编织好的密密的栅栏，又宽又大。把这种捕鱼工具放在小溪的中间，然后在两旁用大石块垒成一条水道，鱼就会顺着水道游下来。鱼儿喜欢抢水头，跟着浪花不倦地游动，一不留神就掉进“竹闸”，落入早放好的栅栏中。落入“竹闸”的鱼儿要想回到水里，就很难了。任它们怎样用力也挣脱不了，左跳右跳一阵后，只好躺在“竹闸”上面大口大口地喘气。一般中午时分，我们会去收获战果。

露珠在草叶上反射着亮晶晶的光芒，十分钟不到，表哥已经背着他的捕鱼工具，和我一起雄赳赳气昂昂地行进在通往河边的小道上。

“到时你可要帮我叠石头，不准偷懒哦。”表哥说趁大清早把“竹闸”放下去，近午时，就会有很多鱼儿落网，我们中午就有鱼吃了。我听着，不觉口水已经在嘴巴里翻腾，香喷喷的鱼味也直往鼻孔里钻。我们下水搬起石头来格外卖力，不一会儿，一条长达六七米的水道就垒出来了。

竹栅栏放下去后，两边再用大石头固定住，水自然就往一个方向冲。表哥说：“好了，我们回去吧，中午再来起鱼。”

可我往往熬不到中午，就会一个人偷偷地跑到河边去。我欢天喜地地跑过去，全然不管溅起的水花搞湿了小脸和袖口，双手捧起一条条小鱼儿，像捧起自己的战利品。那一条条小鱼躺在掌心里，又滑又痒，那冰凉的感觉，超爽。

“哇，这条鱼有红色的尾巴呢！”每当碰到漂亮的鱼，我就会拿回表哥家，放养在门口的池塘里。那些灰不溜秋的小鱼则变成了我肚子里的美味。那鱼可全是野生的，肉嫩味鲜，多脂肥厚，没有一点儿污染。

一直不知道这个竹栅栏学名叫什么，以为字典上不会有。有一日，无意中翻字典，却查到了这个学名，叫“鱼簖”。字典上的注释是：“插在河水里的竹栅栏，用来阻拦鱼、虾、螃蟹，以便捕捉。”刚看到时很是惊喜，觉得古人真了不起，原来早就发明了这个方法。

表哥却不以为然：“祖祖辈辈传下来的方法，字典上有也不奇怪，不过这个字太难写了。”“才不难写，下次我们可以用鱼簖捕更多的鱼。”我现学现卖，觉得用“鱼簖”这个词比“竹闸”时髦多了。

表哥家屋前屋后有很多油茶树。偶尔，找不到吃食的野猪会穿过油茶树窜到村子里来。半夜里，我经常被赶野猪的敲锣声惊醒。可我是一个多么贪睡的孩子啊，揉一揉惺忪的眼睛，转个身又进入了梦乡。第二天在晨光中醒来，并不知道乡村夜晚上演了怎样的惊险。

九月，茶籽成熟，大人上山采摘，摘回后晾于檐下，干后黑乎乎的像小山似的堆着。此时每到夜间，我便在昏黄的灯下，一边听表哥讲侦探故事，一边剥茶籽。干后的茶籽只要用脚一踩就会裂开，里面的籽自己会跑出来。我很喜欢干这活，既省事又轻松，还可以卖个“乖巧”的名声。

这些茶籽会被送到榨油房，榨出香喷喷的茶油来。

榨好油后，家家户户开始酿酒。白日变得越来越短，夜晚变得越来越长，不久，漫长的冬季就来了。

“我们要翻过这座山去挖冬笋吗？”“当然，大山深处才有壮实的笋啊。”表哥一边说一边用手奋力地拨开道路两边的荆棘，小心翼翼地不让刺勾着我的衣服。我跟在后面，“哼哧哼哧”喘着粗气，沿着山坡往上爬。

爬了好长一段时间，终于看到了翠绿的竹林子。我开心地抡起锄头就挖，挖了半天也不见一根冬笋的影子。表哥说：“竹山那么大，你这么乱挖，什么时候才能挖到冬笋？挖冬笋可是有方法的。”我举着手里的小锄头，赶紧跑到表哥身边说：“教我，教我，怎么挖才能挖到冬笋？”表哥说：“你顺着竹鞭找，看到地面有泥土开裂了，一锄下去肯定有笋。”我便细心地找，没想到真的给我挖到一根，只是一锄下去，冬笋给锄成了两半。我正不知如何是好，表哥笑呵呵地说：“能够找到就不错，反正是自家吃，挖破了没事。”

那个上午，我们挖了一篮子的冬笋。表哥说我表现不错，下次还带我来。我听着心里乐开了花。

虽然是寒冷的冬日，表哥家门前的涧水总是温暖如春，还冒着丝丝热气，因为其源头是一口地底下的温泉，冬暖夏凉。冬日里，把冰冷的小手放到水里就会变得暖和。表哥喜欢在水中洗刚从地下挖出的荸荠，然后专挑个儿小、皮色鲜红的荸荠给我吃，这种荸荠肉又嫩又甜，入口化津，而个儿大的、黑褐色的就不行，别说没小个儿的甜，吃到后来还有一口的渣子。和表哥一起有吃又有玩，我就死心塌地地成了他的跟屁虫。

那个冬日，山前的草依然那么青翠、柔软。抬头看，天空瓦蓝瓦蓝的，世界正像一个温暖的摇篮，等着我慢慢长大……

生命如此神奇

儿子满周岁了，望着他那苍兰草般光滑柔润的肌肤，我心中便充满了欢乐和满足。儿子，你知道吗？一年三百六十五天，天天有牵挂，天天有祝福，而你这一幼小的生命正伴着阳光一天天长大。温暖的台灯下，望着孩子熟睡中甜美的笑脸，我不由暗自惊叹：生命是多么神奇，造化是多么伟大！

一个可爱小生命的诞生，无形中便会带来许多快乐。记得刚取名那阵子，大家意见太杂太多，一取便取了半个多月。定下学名后，又学着古人的样子，给他取了字、号。末了意犹未尽，心里恨不得把一个母亲对孩子所有的愿望都在名字中体现出来，母爱有时也可以如此霸道和不讲逻辑。

接下来我便以儿子的第一人称替他记日记，我想待到他识字后，就把日记给他看，让他知道自己是如何诞生、如何成长以及这其中关于他点点滴滴的故事。然后叫他自己接着记下去，我想这最初的日记本无论对母亲还是对孩子都不失为一件珍贵的礼物。

正如泰戈尔所言：“我爱他并不因为他好，只因为他是我的小小的孩儿。”

他晶亮晶亮的眼睛就像星星一样散发着光芒，他又软又茸的黑发仿佛绒毯似的又厚又黑。我要给他讲拉伯雷的《巨人传》，给他讲格林伍德的《流浪儿》，给他讲聪明的小熊是如何躲过猎人追赶的，给他讲木偶毕诺基奥是如何被狐狸和猫骗去种金币的。

我要教会他同情无家可归的小狗，教会他创造自己的快乐，教会他把世界看成一则神奇瑰丽的童话、一个冒险家的乐园。

因为当初小小的嫩芽生长在母体中，虽然混沌却有着最纯粹的温暖和安全，而从此他要独自走一条漫长而无法预测的路。

有一天早晨醒来，突然发觉孩子早已醒了，正对着我笑呢！一瞬间怜爱溢满心田。他的笑就像窗外的第一缕晨曦，给我带来无限希冀，让我在一瞬间感觉到生命的含义。儿子就是用他这种简单而直接的方式承认了我与他之间那份亲情。

把他紧紧抱在怀里并祝福他，因为他是我的小小的孩儿。

当一个女人成了母亲后，她会感到美女的一颦一笑根本算不了什么，美女再美也有看厌倦的时候，自己的孩子再丑，也永远看不够。身为母亲，恨不得每时每刻都与孩子厮守在一起。

感谢儿子，因为只有他能给我带来最纯粹的快乐；感谢儿子，他在给予的时候从不向我索取什么；感谢儿子，他让我对人生重新有了感性的认识；感谢儿子，他让我重新体悟到童真的可贵；感谢儿子，让我们的生活变得更加丰富多彩。

孩子是上天赐给母亲的一笔巨大的财富。偶尔想起大学时曾说结婚以后不要孩子的话，现在想来多傻啊，没有孩子，我们会缺少多少乐趣、多少笑声啊！

转眼儿子上幼儿园了，他对外界的一切充满了好奇，什么都想知道，却常似懂非懂。他特别爱说话，一双大眼睛扑闪扑闪个不停。他喜欢画画和拍照片。一看见舅舅拿着画板画水彩画，他也立即要“即兴挥毫”，那手笔比舅舅要大胆得多，不仅左右开弓，而且泼洒自如，最后他会指着那一大片你看不懂的红红绿绿很自信地告诉你“这是鬼脸”“这是恐龙翅膀”，反正都是你没见过的东西，弄得你只能把它归入“先锋派”或“朦胧派”之列。

一日，我下班刚回到家，儿子便屁颠屁颠跑过来告诉我：“外婆今天买了摘掉叶子吃的树。”我怎么也想不出什么树可以摘了叶子吃，待到厨房一看才恍然大悟，原来儿子讲的是芹菜，他看见那一根根笔直的杆子，以为是树。

有段时间，儿子对电脑很着迷。早上醒来，他便在被窝里用嘴发出“嗒、嗒、嗒”的声音，问他在干什么，答曰：敲键盘！我在被窝里翻个身，他立即严肃地说：“小心点，别把我的信息弄丢了。”

童话故事听多了，儿子一直相信天上的星星是与他一同入睡的。一晚，他半夜醒来，抬头看见窗外的星星还一闪一闪地眨着眼睛，便异常欣喜地对我说：“妈妈，你瞧，我醒了，星星也跟着醒了。”我不禁为他童话般的语言所感动。

儿子对许多词一知半解，但常常能“蒙”得很准确。有时，他在屋中逛来荡去，会突然冒出一句“我很无聊”。有一次，他问：“人一年四季做的事情比喻成什么？”我说：“忙忙碌碌。”他却说：“不对，应该是像做梦一样。”我惊愕地张大了嘴巴。

有一天，他爸爸在喝酒，他突然问：“爸爸，你喝的是杏花村的酒吧？”我问他怎么会知道杏花村的，他便说：“唐诗里不是有个人不知哪儿可以喝酒，一个牧童指啊，指啊，就指到了杏花村。”原来儿子是这样理解唐诗的。

又一次，儿子堂哥要外出游玩，我教儿子说旅途愉快，第二天他爸爸去上班，他便说爸爸旅途愉快。

有一回，隔壁的小孩骂他小坏蛋，儿子立即神态夸张地说：“哈哈，我是坏蛋？我可是好蛋呢！”那自以为是的得意让人觉得好滑稽。

见我干活围着围裙，他便叫我袋鼠妈妈；一遇上不高兴的事，他就说：“妈妈，你把我放回肚子里重新生过吧。”

儿子六周岁时，开始和隔壁阿姨聊“二胎”话题。阿姨问：“你多大了？”答曰：“六岁了。”问：“你有小弟弟或小妹妹吗？”答：“没有。”问：“你想要一个小妹妹吗？”答：“不想，我是这样考虑的，如果满分十分的话，有了小妹妹我得到的服务就是零分，我挨打和挨骂的概率就是十分。我一个好朋友自从有了弟弟，他家可乱了，如果弟弟和他抢玩具，他就会挨骂。我是这样考虑的，所以我不想要。”隔壁阿姨问：“这些是大人教你的？”答：“不是，是我自己想的，我经常想我的未来怎么办。”

呵呵，好吧，是我低估了儿子的思考能力。

真爱总会有痕迹

微雨的傍晚，我因为要赶稿子不能回家吃饭，便打电话叫先生到我们单位食堂来吃饭。

先生来时，我正埋头写稿，头也未抬一下，只匆匆对他说："你先去食堂点菜，过一会儿我就来。"先生转个身走了，我又沉浸在自己的世界里……不知过了多久，我突然闻到一股淡淡的花香若有若无地轻轻飘来，带着一丝甜味儿。我抬起头来寻找花香的来源，一眼就在桌角发现了五朵白兰花，小小的白兰花用一根细细的线串着，静静地躺在桌上。我拿起来，大小刚好套进我娇小的手腕，花柔柔的，白中带点淡绿。我深深吸口气，那芬芳直沁心脾，让我神清气爽，一整天的疲倦和劳累一下子消失得无影无踪。

我从办公室走出来，在走廊上尽情地伸了一个懒腰。真的好开心，能在下班的时候有这样一份意外的惊喜。

我知道这五朵白兰花一定是先生送我的礼物，它不名贵，也不华丽，但在我看来，它与钻石、黄金等价。也许先生把它送给我的时候只是举手之劳，他并没有想很多，甚至都没有跟我打声招呼，我内心却因此盈满了对他的感激。

有时爱就像这花香，若有若无，若即若离，却无时无刻不在身边，甚至很多时候你都没有察觉。突然某一天，不经意间的一缕花香，会让你知道彼此的爱早已深入骨髓。

自从嫁给我家先生，就习惯了被呵护、被宠爱。

前些日子，先生单位派他出差到大连洽谈业务，先生说一个星期就回来。临行前，他买回各种速冻水饺、粽子，还有各色时令蔬菜，塞了满满一冰箱，又炖了一大砂锅的子排墨鱼汤，千叮嘱万吩咐："食物都给你买好了，千万不要偷懒，记得拿出来烧了吃。"

先生走的头一天，我就着子排墨鱼汤下饭，以后几天不是快餐就是速冻食品，冰箱里的菜一点也没动。想想多烦啊，一个人吃，一个菜不够，三个菜又吃不了，更何况我做菜水平不咋的，索性什么也不烧。心想不就一个星期吗，熬到先生回家，又可以给我做好吃的啦！先生从远远的大连打电话来，总不忘叮嘱我平日注意营养，菜吃完了再买。我支支吾吾，不敢告诉他其实我一个菜也不曾烧。

扳着手指头终于盼到了先生回家的日子，却没想先生行程临时做了调整，单位要他从大连直接去一趟吉林。当先生告知我还要一周才能回家时，我突然觉得自己那么孤单。平日在一起不觉得，先生出了远门，才知道这个家一直是他在撑着。吉林现在挺冷的吧？我不由地担心起他的衣服够不够厚，结果一夜没睡好。

第二天醒来，打开手机，就看见一条先生发来的短信："天气预报说要下雨了，天气会变冷，记着多穿件衣服。"窗外果然是哗哗的雨声，我躺在温暖的被窝里，眼角渐渐湿了。我决定从今天起要自己做饭了，更重要的是我决定不再做先生的娇娇女，我要在他不在家时，学会烧一手好菜，等他回来时给他一个惊喜。

我们家时常有巧克力，来我们家玩的客人都以为那是买给儿子的，其实儿子一点儿也不喜欢吃巧克力，那是我家先生专门为我买的。

事实上，我平时也不喜欢吃巧克力。

记得有一回生病，在医院配了三十帖中药，每天吃两回，那中药吃得我直皱眉头，有时一碗药要分三四次才能喝完。先生就给我买来一盒巧克力。他说中药分几次吃更难吃，不如一口气喝完，喝完之后吃一块巧克力，嘴里就不苦了。

从此，每逢我吃中药，他就在我的手里放一块巧克力，再苦的中药到最后都变成了甜味。

在刚刚过去的情人节，他给我送了一束玫瑰花和一盒巧克力，他说这可不是给你吃中药的，这是让你细细回味的。

是啊，结婚这么多年了，无数的细节值得我珍藏，包括这中药的苦与甜。

在家的时候，每到下班时，先生会给我发短信："今天想吃什么？我去买。"如果我能明确地告诉他想吃什么，他会特别开心；如果那天我想不出到底要吃什么，他就知道我没什么胃口，就为我买些时新的蔬菜和瓜果。

有一天，没有任何预兆，天突然飘起了雪，傍晚时分，坐在办公室里的我，临下班前收到了先生一条短信："下雪了，要不要来接你？"我心中一阵感动，这个时候谁会如此记挂着你呢，只有最爱自己的人。过了一会儿，他又发来短信："天冷了，来接你的时候要不要给你带件衣服？"他永远这么细心，跟结婚前一样。也许在他眼里，我再老也是他心头最宝贝的女人。

平日朋友聚会，我居然这也不会，那也不会。但大家都知道我们家的情景，见怪不怪，只是说，你真有福气。是啊，真爱总会有痕迹，能当一个被宠坏的女人，确实是件幸福的事。

小吃里的亲情

人们对于某种美食的偏好，往往与他的人生经历密切相关。有人曾经研究过，一个人的饮食喜好是儿时就养成的，每个人的记忆中都有饱含浓浓乡情和亲情的美食。这些美食往往与亲人们那种默默无闻、不求回报的爱紧紧地连在一起，哺育着我们成长。

外婆与油盏馃

在我的印象中，外婆是个极能干的女人。母亲总是和我说，二十世纪六十年代初闹饥荒，全靠外婆聪明，在家中藏了一些谷子，不敢去碾米厂碾，只能在半夜时用石头砸出一些来，第二天烧给孩子们吃，不然全家都要饿死了。但即便如此，外婆的孩子还是死了五个。妈妈上面有三个姐姐，都因生病或营养不良去世了。妈妈的下面还有两个弟弟，但也没活成。外婆一共生了十二个孩子，后来活下来长大的有七个。我妈妈排行老二。

在儿时的记忆里，外婆经常变戏法。她好像是我肚子里的孙悟空，每当我嘴一馋，她就会突然拿出两个橘子或是几个糖荸荠，或者一把杨梅干，让我解解馋。外婆在自家的屋前屋后种了许多水果，橘子、枣子、桃子、葡萄，在那个物资匮乏的年代，它们给我带来多少幸福的感觉啊！

外婆又是个极爱美的人，一年四季，衣服永远光洁如洗，发髻没有一丝凌乱。在她那个年代里，没有多少打扮自己的东西，院子里兰花开时，她不仅在我们孩子的发梢上插上兰花，也在自己的发髻上簪两朵素雅的兰花，六十多岁的外婆在我们眼里依然风韵不减。

外婆对我的宠爱是全村有名的，只要我一到外婆家玩，外婆就会向各家各户宣布："我家宝来玩了，你们有什么好吃的记得给宝留一点儿哦。"在那个年代，人与人之间非常和睦，在城里读书的我是村里人眼中最有出息的，所以我不仅是外婆的宝，更是全村的宝。

油盏馃是我们老家特有的一种小吃，外形和色泽有点像现在的蛋挞，但是做法和口味完全不一样。因外形酷似古代扁圆形的菜油灯盏，故得名油盏馃。

小时候，街头经常有卖油盏馃的摊位，两分钱或三分钱一个，有辣的和不辣的，又香又脆，我极喜欢吃，口袋里那点儿零钱基本上就换成了油盏馃。可有一段时间，不知什么原因，突然就说不准卖油盏馃了，不懂事的我馋虫上来，又哭又闹，吵着要吃。母亲照例是不理睬我的无理取闹。

于是，我就趁到外婆家玩时，告诉外婆我想吃油盏馃了。外婆的态度与母亲完全不一样，她连说："好的，宝，明天外婆就做给你吃。"第二天，外婆就挪着那双"三寸金莲"，找了好多地方，东家借西家要地凑齐了做"油盏馃"的工具。

要知道，做"油盏馃"是有特殊工具的，而且这工具还有点复杂。要有一种带提手的挂钩，挂钩下面要有一个圆而光滑的铁筒，还要有漏油的丝网，加上一只小油锅。制作的程序也比较复杂。先要做馅，有萝卜丝、酸菜、豆腐干等，切得细细的。然后是用新黄豆和米粉浆拌成糊备用。做的时候，先要将铁筒在沸油中过一下，再装进面糊，然后放在油上面加温，紧靠铁筒内壁的面糊就会熟透变硬，然后将铁筒中多余的面糊倒去，就会形成一个碗形的面壳，再在面壳内放入制成的馅料，淋上面糊，沉入沸油中炸，等到外表被炸成金黄色的时候，就把挂钩往锅沿上轻轻一敲，成形的油盏馃就掉到了油锅里，等它鼓鼓的浮到油面上来时，就可以用竹筷夹出，放在丝网上待油滤尽。一只脆嫩可口的油盏馃就大功告成了。

记得那天，外婆借到工具后，炒了两种不同的馅，一口气做了很多焦黄酥脆的油盏馃，围在油锅旁流口水的小孩就不止我一个了。后来，外婆见我喜欢吃，就索性买了一整套的工具回来，经常自己做。

外婆知道我喜欢吃猪头肉，村里有人杀猪，外婆就会向他们要猪头，然后清煮给我吃。记得白切猪头肉割下来后，用酱油沾着吃，真的超级美味，如今很少能吃到那么香喷喷的猪头肉了。

运气好的话，第二天起床，我还能从灶头里挖出一包用箬叶包着的瘦肉煨脾。那是外婆待我睡着后，帮我精心煨制的，放了许多佐料，吃起来又香又鲜，好吃得让我都舍不得大口咬，只肯一小点一小点在舌尖上慢慢地享用。

我就这样在外婆的呵护下，一岁岁地长大，外婆却一岁岁地老去。正因为有了外婆的纵宠，我的童年才格外无拘无束、丰富多彩。

舅舅与馄饨

我小时候很顽皮，经常会挨母亲的打。比如，母亲辛辛苦苦熬夜做成的新衣服，我穿出去一天，回来就因为爬高爬低扯破了。

但母亲的打我是不怕的，因为我从小就是一个不怕疼的孩子，哪怕再疼我也不哭。但如果我觉得母亲打得不对，受委屈了，那对不起，我会号啕大哭，声音响得整个宿舍楼都可以听见。而且如果母亲不向我道歉，我就会一直不停地哭下去。母亲嫌我烦，有时就把我一人关在门外，让我自己爱哭多久哭多久。有一次，我正在门外号啕大哭，舅舅从乡下进城来办事，一见我，马上从口袋里拿出一毛两分钱塞给我说，不要哭了，去吃馄饨吧。

要是平时，我一定兴高采烈地跑去店里要上一碗馄饨，美美地吃上一顿。可这天不行，我一定得等到母亲向我道歉才行。舅舅只好走到屋里去劝说我母亲，母亲知道我的犟牛脾气，就顺着台阶说，舅舅叫你去吃你就去吃吧。我倒不是一定要母亲说“对不起”这三个字，而是只要她和我说一句好话、软话，我自然就不闹了。于是，我乖乖地擦干眼泪，捏着一毛两分钱去吃馄饨了。当时在我看来，舅舅就是我的“大救星”，不然我应该如何收场呢。

儿时家中的雨伞很金贵，哪像现在，丢了一把再买一把就是，那时如果不小心丢了一把雨伞，就等于丢了一大笔钱。有一回，学校布置了捡铁钉上交的任务，放学后，我好不容易在一堆煤渣里找到了几根铁钉，一时高兴得忘乎所以，把雨伞落在煤渣上，等小心翼翼地捧着这几根铁钉回到家后，才发现雨伞不见了。这下急得我赶紧回头找，可哪里还找得到。回到家，我老实交代了“犯错误”的过程，并做好了被母亲劈头盖脸一顿臭骂的心理准备。可没想到舅舅从里屋走出来，还没等母亲开骂，他就牵着我的手说：“走，舅舅带你去县府广场吃馄饨。”

县府广场旁边小坡上的馄饨味道是极好的，我们土话叫“面食”。皮薄馅嫩，味美汤鲜。因为皮薄，里面的馅能透过皮而看到，加点鲜红的辣油，青绿的葱末，再撒上胡椒粉，香鲜透骨。我常想，老家的馄饨是全世界最好吃的。

馄饨是我儿时最爱的小吃，经常是一端上桌就急着入嘴，虽然烫，但香极、美极，每次我连汤都喝得一干二净。舅舅知道我喜欢吃馄饨，所以每次到我们家来，总会在口袋里准备一毛两分的零钱给我买馄饨吃。

到了后来，我就有了一种条件反射，只要看见舅舅，就知道有馄饨吃了。说来也奇怪，舅舅好像从来没有让我失望过。在我儿时的记忆里，舅舅永远和馄饨联系在一起。如今因为拆迁，那非常眼熟的馄饨店早已无影无踪，而我也不像小时候那样贪恋馄饨的味道了，只是依然和儿时一样贪恋小舅舅的疼爱。

外公与冻米糖

现在的冻米糖都是市场上买的，但在我小时候，快过年时，农村家家户户都是自己做冻米糖，所以各家的冻米糖用材、味道、形状都不一样。外公是村里做冻米糖的好手，几道工序非常熟练。

首先是把蒸米变硬即为冻米，然后炒成爆花米，倒入篾盘中摊开冷却，接着过筛去掉硬米花和碎米花，分别装入各个箩中备用。下一道工序是熬糖，按比例将糖和清水倒入锅中，不断加热。熬糖是我们小孩最喜欢的，此时，我们就守在锅边，看着糖融化成黄褐色的浆液，“咕嘟咕嘟”地冒起泡泡，就开始流口水。外公宠我，不以任何规矩要求我，他会用一根大竹筷蘸上一圈糖油，上面还挂着细细的糖丝，然后递给我当零食。

我总是一边吃糖油，一边看外公做米糖。火候恰好时，就倒入爆花米用力搅拌……直至拌匀拌透了，再盛入放在面板上的糖框里，用专用糖板将它压实，然后用棒槌“啪啪”地敲打，把边边角角都敲结实了，再用木滚筒加微力滚平。接着翻过来取走木架，再拿刀切成长条或方块，即为成品。咬一口，又脆又香。切糖的夜晚，灶间油灯的灯芯被挑得高高的，火苗比平时大了许多，映得屋内屋外出奇地亮。我们就在暖融融的香甜里跑进跑出，围着外公要这要那。

除了常规的冻米糖，外公还会在煎糖时给我捏各种各样的小动物。这些小动物也是米糖的一种，只是原材料与冻米糖不一样，是由粟米和米粉合在一起做成的。外公的手很巧，捏什么像什么，引得邻居的几个孩子全围过来。外公逐一给他们捏鸡呀、牛呀、兔呀，对最疼爱的我，他总是一连捏六七种动物给我，一般我都是放在书桌上看，舍不得吃的。看我欢天喜地的，外公满是皱纹的脸上便露出憨厚的笑容。

外公不善言辞，空闲时总拿根旱烟“吧嗒、吧嗒”地抽，幼小的我作为回报，便拼命帮外公搓点旱烟的媒纸，看外公“嚯”的一声吹着火，我所有的快乐便在焰心里跳跃。

小姨与葱肉饼

小姨从小疼我，所以出嫁的那天，我特别舍不得她，紧紧地拉着她的红嫁衣不肯放手。小姨也抱着我，哭成泪人，依依不舍。

可最终小姨还是嫁到了镇里。我去小姨新家玩时，屋子大大的，她老公白白净净的，不像农村里的人。没几年，我就听说小姨日子过得并不好，因为有一个很难侍候的婆婆。婆婆总是对小姨这样不满，那样不满，并不断地挑拨他们夫妻之间的感情。最后，不断隐忍的小姨还是被迫离婚了。

小姨离婚后，在镇上街头卖葱肉饼。当时，那是她用以维持生计的唯一手段。小姨手巧，葱肉饼做得特别好吃。每回我路过她的摊点，她都会塞给我一个葱肉饼。小姨的葱肉饼从不偷工减料，用上好的五花肉和葱加上香油、盐拌好，然后炸到两面金黄，远远就闻到香喷喷的味道，所以喜欢吃她做的饼的人很多。

有一天，我刚好路过小姨的摊子，小姨留我吃饼。不一会儿，远远地走来一个孩子，小姨的眼突然就直了。走近一看，原来是我表弟，就是小姨和前夫生的儿子。小姨立马从摊子上拿了两个饼，一边呼唤着儿子的名字，一边说：“宝，拿两个饼去吃。”我那表弟看也不看自己母亲一眼，飞快地走了过去。小姨全然不顾自己的摊子，抓起两只饼就拼命地追赶，一边追赶一边呼唤着儿子的名字。可我表弟跑得飞快，边跑边回头骂小姨，说：“我没有妈妈，你不是我妈妈，你滚开！”

小姨的脚步踉跄着，无法追上他，儿子的个子已经和她差不多了，小姨只能声嘶力竭地呼唤：“宝啊，宝啊，拿个饼过去吃啊！”表弟却转眼儿就没了踪影。

小姨停下脚步，待在原地，饼早已不知何时掉到地上，她那失神落魄的脸上，泪水横流。回转头，小姨忍不住当街放声大哭起来。原来小姨的婆婆每天都不停地教孩子，让他不要认这个母亲。

很久，小姨才一步步地回到自己的摊位前，可心思早就被那个小小的身影带到了过往的日子。想来十月怀胎和那些嗷嗷待哺的日子，小姨为他花了不少心血。表弟从小就体弱多病，小姨经常抱着他彻夜不眠，那些泪水和汗水却换来孩子今天的冷眼。这对一个母亲是多么大的伤害啊！

当时幼小的我只是在一边呆呆地看着，不知该怎么安慰小姨。母爱永远是无私的，这一整天，摊位上的小姨再没有露出过笑容。

后来，小姨又结婚了，又有了自己的孩子，但想来这份伤心会一直留存在她的心头。

木槿花开

木槿花是你的名字。奶奶告诉我，你很早很早就站在我们家院子里了。那时，妈妈还没有嫁到这儿来，但你已经在这院子里一季季地开花……紫色的，像一片云霞。

槿，你是看着我一天天长大的，清晨的太阳照着我们一起呀呀地笑，我和你一同开放在阳光下，妈妈时常看着你静静地沉思。我不知她在想什么，那个季节很漫长。槿，你的花很多，云起风来，美得要死。我也和你一样快乐、单纯。我不会去探究妈妈的想法，我只是喜欢搬个小板凳，围着奶奶，缠着她讲故事——白娘子救许仙，贝壳仙女爱上农家小伙。

槿，虽然我离开你的院子已经很久了，但你的样子一直在我心里，我这几年的风风雨雨也肯定在你心里。槿，你是不会老的，而我，容颜会随着冬天的到来渐渐黯淡下去。我们在有阳光的院子里长大，但现在我到了城市，离院子远了，离自然也远了。

槿，你知道城市的疲累吗？午夜穿行的公共汽车上，我孤独地坐在最后一排，直到夜色染我成黛。那时，槿，我就特别想你，特别想你那沐浴着阳光的院子。

槿，你在浅吟低唱的时候，是否会想起童年的小伙伴，想起她捧着小脸在你的绿荫下唱歌跳舞？想起她在你身旁的石凳上写作业、背课文的乖巧模样？

我记得那个忧伤的童话故事。小人鱼为王子献出了生命，读它的时候，槿，我正在你的花下，文章震撼着我幼小的心灵。

下雨的春天，我在异乡的城市听熟悉的雨声打在窗棂，故乡青葱的气息仿佛扑面而来。是的，就是这样的季节，这样的雨天，我总会在上学的小路上遇见他，青稚的外貌，害羞的笑容，和雨水一样透明纯净。因为有他，我的雨天和上学小路变得无限美好。

槿，你也记得他，对不？虽然他很少来我们的院子，但他来的时候，我的欣喜和激动让你的枝叶和花瓣都颤抖着。槿，这是我最初的爱恋，是我情窦初开时的情怀。虽然现在看来他一点也不优秀，但那时我整本日记上全是他的名字，少年不更事的荒唐如今看来那样可爱。不知他那时是不是也整天念叨着我的名字，是不是也一样患着单相思？是不是也被我这个并不优秀的小女生折磨得晚上睡不着？情窦初开的年岁，十五六岁，槿，那是多么美好的一段日子。喜欢谁就是谁，没有一点儿功利，不带一丝杂念，没有任何顾虑。槿，我和你都爱那样的一种感觉。

如今，春天的早晨，我坐在城市的雨帘下，听《萨特的磨坊》，音乐优美，旋律动人。可我已经不敢随意去爱，我总会权衡了再权衡，以至不知道爱情到底是什么味道，长什么样子。可笑吧，槿，你一定无法想象，在乡村春天的院子里，一切都那样简单，你怎么会知道城市有这么多的陷阱和利用？怎么会知道城市有这么多的功利和虚伪？

春天的雨来得快，去得也快，两支曲子之后，窗外露出了阳光，马路又喧闹起来。城市是变幻莫测、五光十色的，槿，你永远不会懂，为什么我一边恨着城市，一边生活在城市里。

一个孤身飘零的人独自走在城市的街头，身边来来往往都是陌生人，虽然路边花坛里的月季开得烂漫，但与我有什么相干？独自走在街上，我常常会感到惶然。“芒鞋破钵无人识，踏过樱花第几桥？”槿，明天你的花上依然会含着露水，本想打电话过去，让母亲寄一朵来，但夜已深了，我不便打扰。

喜欢听伍佰的歌，伍佰的歌能让我在瞬间触摸到昔日已经暗淡或依旧明亮的欢乐和疼痛的碎片，在片刻间让我的内心陷入一种迷离的温柔。喜欢伍佰《一生最爱的人》，至死不渝的爱情与决绝离弃并置的情感选择；喜欢伍佰《突然的自我》，它让我懂得反思自己。

槿，许多事情我都一拖再拖，有时明明想到要去做一件事，结果一拖竟可以拖上一年，当意识到这点时，连自己都吃惊不小。

槿，你一直知道我的性格，一个会做梦却很少行动的女人。事情做不好的原因，无外乎两种：一是事情太多太杂，定的目标不切实际；二是善于原谅自己，对自己要求不严。我是两者兼而有之。

于是就想，一定要让自己简单起来，一定要让自己坚定一点，不然永远也无法做自己想做的事，永远也无法实现自己的梦想。生活得简单才能生活得无畏，才能生活得自在。槿，你这么简单地站在院子里，却是那样快乐而美丽。

院子里那株高大的橘子树上，珠颈斑鸠是不是在筑巢？天渐渐凉了，夜晚显得格外漫长，夜色染乱了花影。明日的窗前，城市的芙蓉会在漫天飞扬的汽车尾气和尘土里挣扎。槿，我要告诉你，城市要多无情有多无情，要多残酷有多残酷，它从来都不同情弱者。

槿，你猜我写了这篇文章给谁看？原本能读懂的人，会不会已经因为城市改变了许多，因为时间改变了许多，以致无法再触摸到我的灵魂？

母亲的幸福

我不是一个完美的女人，我任性、娇气，喜欢钻牛角尖，而且脆弱，有时还很不理性，却一直生活在幸福中，这完全因为我有一个温馨的家。先生的好，十多年了，我已经习以为常；如今刚刚懂事的儿子居然对我这么好，是我始料未及的。

有一段时间，我胃不好，吃不下饭。有时晚上在单位加班，儿子就会打电话来，第一句话总是："妈妈，你好一点没有？胃还疼吗？要记得吃药啊！"像一个小大人似的叮嘱我，然后对着话筒一口气"吧吧吧"给我送上十几个吻，这份母子连心的爱是任何药物无法代替的。

为了逗我开心，有时晚饭后儿子会陪我去散步。他会一边走一边开心地叫："亲妈妈、亲妈妈。"然后他问我，"你知道亲妈妈的含义吗？"我说："不知道啊。"他说："亲妈妈的意思就是亲生的妈妈，最亲的妈妈，年轻的妈妈，亲切的妈妈。"哈哈，小马屁精，我笑了，内心无比感动。

我知道，我已经不再年轻，不再美貌，白发已零星出现，皱纹也爬上了眼角。我没有值得骄傲的容颜，但儿子的话让我知道无论我会丑到什么程度，老到如何不堪，我永远是儿子心中最亲的妈妈。

一日，儿子帮我洗头发，他一边为我冲水一边说：“妈妈，你的头发真的掉了不少，你不要经常用脑过度，你五十岁就可以提早退休了，让老爸养你几年，然后我就有奖学金拿回来给你了。你千万不要老啊！”我暗暗欣慰：多懂事的儿子啊！

儿子有一个梦想储蓄罐，他把自己的钱都存在那里面，储蓄罐上面写着他的梦想，“买电脑、吃肯德基、环游宇宙”，为此他努力地存着钱。打这天之后，他突然对我说：“我要改变储蓄罐上的梦想了，我要写让妈妈永远年轻。”第二天我一看，他果然把这几个字写在上面，“这是我的梦想之一，最好能发明长生不老药，这样，妈妈你就不用愁了。”明知这只是孩子的戏话，我却为他那份单纯的爱心感动。

儿子常常逗我开心，他说人开心了就不会老。晚饭后，他会一声不响地去洗碗，他说：“妈妈，你千万不要老啊，家里的事你不要操心。”“妈妈，你千万不要老”，为了儿子这句话，再苦再难的世事也要轻描淡写地应对过去啊！

国庆长假，忙忙碌碌的我终于可以喘一口气，放松放松了。待晚上儿子睡下后，我轻手轻脚地打开电视点播了一部早就想看的电影，待全片看完，已经深夜一点多了，心想难得放纵自己一次，反正第二天不上班，可以美美地睡个懒觉。

第二天天刚蒙蒙亮，洗刷声把我从睡梦中惊醒，心想一定是儿子起来了，也没太在意，转个身又睡了。也不知过了多久，突然听见儿子在我耳边说话，他学着动画片人物“丁满”的声音，故意粗着嗓门：“妈妈，起床吃饭了。”早我一步起来的先生在客厅说：“儿子今天把早饭烧好了，你这个妈妈又该激动得晕倒了。”不可能吧，平日从没干过家务的儿子有这么大能耐吗？

当我来到餐厅，眼前的景象让我心花怒放。餐桌上三碗稀饭正冒着热气，三份黄灿灿的煎鸡蛋香气扑鼻，筷子整齐地摆放在一边，还有一盆刚刚煮熟的新鲜菱角。儿子得意扬扬地站在一旁，夸张地做着手势说："亲爱的妈妈，请入席。"我难以置信地问："这一切真的都是你干的？"小儿骄傲地说："是的。"此时我才看见儿子的手腕上围着一条毛巾，问他怎么回事，他说煎蛋的时候，给油烫到一下。"不过没关系，很快就会好的。"他大大咧咧地说。我拉过他的手看了一下，幸好只是微微有点红。我心痛得要命，叮嘱他以后单独一人时不要再开煤气灶，可先生却说，男子汉嘛，锻炼锻炼挺好。儿子听了很开心，做着鬼脸把我按到椅子上："妈妈，你就放心好了，以后就有两个男子汉一起照顾你了。"

吃着儿子盛好的稀饭，我忍不住又问："为什么会想到给全家人烧早饭？"儿子说："这还需要理由吗？"我心中涌过一阵暖流，眼角不由湿了。是啊，这还需要理由吗？

很多时候，爱并没有轰轰烈烈的情节，有的只是细微的过程，虽然这些过程很琐碎、很平常，却能折射出人性最美好的一面。

儿子说："在我们家中，爸爸是太阳，我们家因为有了爸爸而变得温暖踏实；妈妈是月亮，温柔娇气；我是星星，就是说我也是一个小太阳，我能为妈妈发光。"

拥有一颗小星星的母亲，当然是世上最幸福的母亲。

守护真情

儿子一直很喜欢气球，一日在街上偶然遇见有卖的，便立即给他买了两只。卖主说："今天风大，你骑车拿气球很容易炸掉。"我一听，不敢骑车，小心翼翼地一手捏着气球一手推车，一路上精神高度紧张地提防车来人往，怕一不小心气球就炸了，因而走得特别吃力，三十多分钟才到家。其实，这样辛苦只是为了儿子五分钟的开心，虽然是微不足道的小气球，但我一路上小心守护着的是一位母亲对儿子最深沉、最真切的爱。

有文载，著名作家端木蕻良生前每次发病，妻子钟耀群都悉心守护在身边，有时一守就是六十多天，睡不上一个安稳觉。亏了钟老师细心地护理，端木老人才好几次得以死里逃生。钟老师日夜守护着的，是夫妻之间朴实无言的深爱。

在医院的产房里，时常可以看见阵痛的妇人歇斯底里地捶打丈夫，丈夫却心平气和地俯身安慰妇人，任由她发泄。万一难产进了手术室，丈夫便会悬着一颗焦虑不安的心守在门外，一刻也不肯离开，直到听见婴儿的第一声啼哭，才会感到自己已是又累又疲。而他当初一心守护着爱，守护着希望时，是无暇顾及这一切的。于是我常常想，守护着爱的人，会比一般人更充实勇敢，更坚强无畏。

记得有一次我与女友出去玩，到夜里十二点才回寝室。走到公寓门口，意外地发现女友的男朋友正站在雪地里默默地等她回来。据守公寓的大妈说，他晚上八点就来了，因为男孩不能进女生公寓，便一直在雪地里等到现在。我当时想，这么冷的夜晚，这么大的风，整整五个小时，真是太傻了。如今想来，他守护着的是心中那份炽热的爱。

一位朋友曾对我说，他小时候家境很困难。一次跟父亲上集市，中午时父亲带他到小面铺里坐定，要了两碗面。这时，旁边一个衣衫褴褛的女人抱了个孩子在门口眼巴巴地望着。朋友父亲得知她没钱买吃的后，便给她与孩子也叫了碗面。面端上来了，我朋友很久没有吃过这么香的面，立即狼吞虎咽起来。等他吃了一半抬起头，却发现父亲面前没有面条，他只是静静地看着别人吃。原来那女人把面条全让给了孩子，朋友父亲便把自己的那碗面又让给了那女人。朋友父亲说："我们只有三碗面条的钱。"我听了很感动，朋友父亲守护的是一份善良博大的爱。

守护爱，就是守护真情，守护虔诚，守护善良。守护爱，就是守护童心，守护纯洁，守护希望。

守护爱有许许多多种方式，有的是直接的，彼此都能感觉到风雨人生中这份守护就是一份最实在的依靠，就是一把挡风雨的伞；有的是间接的，让人一时无法感觉，却潜移默化融入你的人生，比如两只气球，比如一碗热面条。

但愿，人人都能守护好属于自己的那份真情。

夫有尤物，足以移人

高中时，去春游的路上，一个男生用“尤物”一词形容我。当时我坐在他的自行车后座上，并不知这“尤物”做何解释，但又不能在他面前表露出我不懂其意，就一直沉默不语。春游回家，马上查字典。

根据《现代汉语词典》的解释，尤物是指优异的人或物品，并附带解释说，多指美女。“夫有尤物，足以移人。”

现在回想起来，他应是慎重选择了这个词来表达他当时真实的想法。当时我只是奇怪，他是怎么知道这个词的？我想，这是我一生中听到的最美的夸赞之词。

我的理解是，尤物这个词开始是没有性别的，因为它可以用来形容好的物品，所以应该是中性词汇，后来之所以变得女性化，是漂亮女人的媚态起了作用，男人们被迷得神魂颠倒，情急之下，就把“尤物”一词送给了女人，尤物就成了对有姿色女人的称呼。

李渔的《闲情偶寄》，在《态度》一文中说：尤物是什么？尤物指的是女子妩媚动人的情态和风度。世人不知道什么是尤物，以为尤物就是美女。他们哪里知道，美女虽然很美，但也只是一种东西罢了，怎么可以动摇人的心态呢？美女加上媚态，就成尤物了。

李渔对尤物的解释，应该是标准答案。只有美貌和媚态结合在一起，才能造就尤物。媚态是何物？李渔说：媚态这种东西，不仅能让美丽的人变得更美丽，娇艳的人显得更娇艳，而且能变年老为年轻，变丑陋为漂亮，变无情的事为有情的事，让人暗中受到笼络而不知不觉。

尤物是有形之物和无形之物完美合作的结晶。

尤物似乎是一种近乎完美的女人，我们要承认有这种女人，但不多见。漂亮的女人随处可见，但附着在女人身上动人的情态和风度不常见。女人的最佳情态和风度应该是什么样的？不知道，按李渔的说法是说不清，就是说只能意会不能言传。李渔说，凡能用嘴说清楚的东西，都不是尤物。

根据李渔的思路归纳一下，尤物就是视觉好、感觉也好的女人。也许他说的意思是除了美貌，还要修养、气质、内涵的后天塑造，要那种骨子里透出的魅力，那种谈吐举止中可见的独特的温柔。

如此说来，我离尤物的标准还相当远。十六七岁的少年是不是为了卖弄学识，把“尤物”顺口送给了我？呵呵，不排除这种可能性。

第四辑　成长中，拥抱未来

保护孩子的童趣

那天在路上走，突然听见一个三四岁的小女孩问他父亲：“爸爸，你会生什么啊？”他爸爸没回答。女孩接着问：“妈妈会生我，你会生什么？”她爸爸笑着说：“我什么也不会生。”女孩说：“那你会不会生个鸡蛋给我吃啊？”如此有趣的对话不禁让人莞尔。大人觉得这话是不可思议的，但在孩子眼里，可能就是这样啊！

儿童的内心世界就像一片洁白无瑕的云，纯净简单。他们在日常生活中所流露的童真、童趣恰恰是他们美好心灵的折射。作为家长，我们一定要保护好他们的童趣，善待童心，爱护童真，让孩子的智能和体能得到全面健康的发展。

有一年，母亲节来临前，我家宝贝儿子从外面弄了许多花瓣回来，暂不问他是用何种手段取得的，但他回来后为了洗那花瓣，把整个厨房弄得水溅四壁，自己衣服全湿。说他两句，他非常理直气壮地说：我是为了给你准备母亲节的礼物啊，你怎么还批评我？！然后，他小心翼翼地把那潮湿的花瓣用保鲜袋裹好塞到家里的冰箱中，说是为了保鲜，等母亲节那天再拿出来送给我当礼物——美丽的鲜花。我一下子乐了，可母亲节过去数日，那花瓣依旧很保鲜地在冰箱里放着，小儿已经全然忘记了。其实，母亲节有没有礼物并不重要，重要的是我收获了他那份可爱的童心。

朋友儿子五岁，在学游泳时，我问他："你学了什么泳呀？""蛙泳、自由泳，还有蝶泳。"我又逗他："那你会不会游狗刨式呀？""我会，爸爸教我的。""那你和爸爸谁游得更像狗狗啊？"他得意地回答道："我们两个都很像狗狗。"这样的话只有天真的孩子能脱口而出。其实，孩子的思维与大人不一样，他们的喜怒哀乐总是直接表现出来，我们要保护好这种稚嫩和天真，不要随意地指出他们的不当。

教育家卢梭认为，儿童最好是在生活、游戏中学习，这样的学习才有趣、易懂。

记得有一次，孩子们在游戏时，相互争执中把一个碗掉在地上摔破了。我走到厨房一看，孩子们正把打碎的碗片往桌子里拾，案板上有一堆和过了的面。孩子们的手上脸上都是面，看到我走过，隔壁小昌马上对我说："我们不是故意的，我们只是想争着做饭给你吃。你看面都和好了，我们给你做馒头或者汤圆吃，你说好吗？"那可爱的表情让你根本就无法生气，当然更不能生气，孩子们则在相互协作、谅解中懂得了如何更好地相处。

那天，小侄女糖糖问我："我明天早上就回家了，你会想我吗？"我说："我会想你的。"没想到她马上就说："哦，那明天下午就回来。"听得我直乐。

孩子的童趣是他们内心的真实写照，是他们想象力和观察力的具体表现。在他们眼里，花儿会唱歌，太阳长胡子，小树会走路……所以，我们要像保护大熊猫一样保护孩子的童趣，让他们展开自由想象的翅膀，拥有发挥的空间，快乐成长。

等他们长大以后，这些童趣也许会成为一家人美好的回忆。

我当然要后者

周末，儿子回来，一放下书包，第一句话就是，这个星期六我要和锐锐哥哥打乒乓。儿子自以为在学校天天和同伴操练乒乓，如今进步不小，很想找他表哥比试一下。可星期六早上，我遇见锐锐父亲（我堂哥），跟他说儿子想和锐锐打乒乓时，堂哥一口拒绝了，说千万别去吵他，做作业要紧。

听堂哥这样一说，我就不好意思让儿子去打乒乓了。于是，儿子想到了隔壁的田田："那就找田田踢足球吧。"儿子出去了一会儿，又低着头回来了，因为田田要上兴趣班，也不能陪他玩。难得的一个星期六，我放了他的假，他却找不到人玩，不郁闷才怪呢。

看着儿子无奈地坐在桌前，仔细想想，这个社会，我们这些做家长的给孩子的压力实在太大了。

一个朋友的孩子上初二，他说，每天晚上孩子做作业要做到九点后才能全部完成。我问，那是不是他做得慢？朋友说，才不是，他在他们班上做作业算快的，慢的同学到晚上十点也做不好。双休日，朋友也很想放孩子出去玩一天，但看到周围的同龄人都背着重重的书包上各种各样的补习班，自己的孩子不去，万一落后了怎么办？只得狠狠心也给孩子报了很多课外补习班。结果孩子难得的双休日就让语文、数学占得满满的。

朋友曾当过教师，对如何教育孩子有自己的一套思路和想法。他说，这套思路在小学的时候还勉强可以实施一二，小学课业不多，孩子还可以尽情地玩。到了初中，就由不得自己了。虽然现在的教学方式对孩子来说有点残酷，成天除了叫他们学习还是学习，但现实社会中，竞争只会更残酷，如果孩子输在起跑线上，是父母输得起，还是孩子输得起？事实上，两个都输不起。

曾经有一个论断，说父母拼命让孩子读书，是为了将来孩子能光耀门楣，为的只是自己的虚荣心能得到满足。事实证明，实际情况并不是这样的。很多父母是出于对孩子最基本的关心和爱才要孩子拼命读书的，他们有一个很朴素的想法，就是希望孩子将来能过得好一点，这与虚荣无关、与父母的名声无关。父母感觉到了来自社会的压力，但孩子不能理解，他们无法接受这样高强度的学习生活，所以成天愁眉不展。

另一个朋友对我说，她儿子每到星期五就会特别开心，一到星期一早上就会不高兴，甚至有厌学的情绪，总不愿意去学校。每次她都要花很大的力气才让儿子走进校园，回头想想，很是心疼儿子。她说，儿子感觉这么不快乐，却要他天天去面对，她很矛盾，很无奈。有一段时间，她想过让儿子退学算了，回家自己教，但最终她不敢打这个赌。成功了固然好，万一失败了后果会怎样，她不敢去想。

我们大人在走入社会以后，不断地承受着来自各方面的压力，身心从未轻松过，然后就把这种压力带给自己的孩子，要他们“学习，学习，再学习”，小小年纪就给他们报了英语班、书法班、乐器班等各种各样的兴趣班。看到别人的孩子学得好，很多家长眼里会流露出羡慕的神情，正因为有了这样的价值评判标准，孩子的压力才会越来越大，这种恶性循环才会愈演愈烈。

想想平日，我也总是给孩子施加压力。我经常督促他学习，他一听就反感：“妈妈，你看你为什么总是和我说学习，不能聊点别的事情吗？”我说：“当然可以。”但聊着聊着又回到了学习上。孩子听多了，也就麻木了，只是有口无心地应着：“知道了，知道了。”

有一天，儿子突然问我，你是要你的儿子除了学习对一切漠不关心，变成一个学习机器，还是要他变成一个活泼、乐观，有爱心、有活力，能关心你和老爸的人？

我想了想，我当然要后者。从此我转变了对孩子的做法，不再像过去那样眼睛只死盯着孩子的成绩单了。孩子回到家，有时上上网，和朋友聊会儿天，制作网页呀、幻灯片呀，我不再像过去那样严加干涉，心态比较放松。孩子特别不喜欢的事，我也不再强迫他去做。以前总怕孩子不努力，每天不停地唠叨，现在我想，与其让孩子烦你，不如让他爱你，尽量少给他压力，如果他懂事了，自然不用我们天天唠叨。成长的关键是要有一个健康的身体和心理，这比什么都重要。

当然，要从本质上给孩子减压，还有待社会教育体制的日益完善。

神一样的录取

朋友圈里，最近经常有家长交流孩子的学习情况，同时还有一个个喜讯，谁谁被哪个名校录取了，谁谁毕业后进了某个世界知名企业上班。给我的感觉是，这些孩子真的太牛了。因为他们，我对命运这个玄乎又玄的东西有了一种新的看法。

小张的 offer 是宾夕法尼亚大学，他报的意向专业是政治经济哲学。小张在申请学校之前，在忙辩论比赛，他代表中国队去南非参加了世界中学生辩论赛。不忙的时候，他还在杭州做一些公益活动。去年，他和同学一起办了一场“辩论初学者训练营”，主要面向高中生和大学生。在这项活动中，他们要自己租场地、解决经费，还要在网上做宣传。在小张的父母看来，高中阶段多做一些活动很锻炼人，这些活动不一定要惊天动地，能体现自己的能力就好。

小金的 offer 是美国圣母大学。在之前的托福和 SAT 考试中，小金创造了两个“满分”：托福口语满分，SAT1 作文满分。小金说，自己学起来很 high，玩起来也很 high。

其实，这些“神一样的录取”不是凭空掉下来的。家长们在交流中说，这些孩子能申请到好的学校，是因为相对于学习成绩来说，家长们更关注孩子的社会活动能力和在成长中的锻炼。

老韩的女儿被芝加哥大学录取，他告诉我的经验是孩子的能力和社会经历在申请中非常重要。因为在向这些顶级学校申请过程中，他们很看重学生的素质和潜力。学校总是会提各种各样的问题，比如“介绍一下你人生中最重要的经历”“说说你经历过的最惨痛的失败”“你为什么选择我们学校”“你到这个学校里来有什么打算”等，芝加哥大学甚至出了这样的题目：“在现实和梦想之间还存在着的第三个东西是什么？”对学生来说，所有的答案都要临时发挥，回答的关键是要让学校看到一个独特优秀的自己。老韩说，他女儿高中时就非常老练，经常申请担任各类活动的志愿者，广州国际女子网球公开赛、中国国际动漫节等赛事或活动中都有她的身影，她从中学到了不少东西。有一年暑假，她还去西部担任支教志愿者。老韩说，虽然担任志愿者费钱又费时，但家中一直非常支持。“孩子，就要让他们全面发展，让他们具备中国心灵、国际视野和人文情怀。有时候想，我们这一代人已经落伍了，所以要让孩子有更多的锻炼机会。”

自信也是这些学生能被录取的一大原因。这些孩子因为心中有底，所以特别自信，家长只是帮他们把把关，所有的申请环节都是他们向学长或老师请教后，自己动手操作。

小金说，去年瑞士信贷银行香港分行资本市场分析岗位全球共录用了四人，其中一个就是她的学姐。“平时我们经常会向学哥、学姐讨教经验，他们都非常热心，我的性格外向，什么人都能沟通，这有助于我更好地适应各种环境。”

说到底，这些“神一样的录取”背后，是孩子们自己的努力和争取。因为只有不断奔跑，接受挑战，才能变得越来越优秀。

教育孩子的法宝

由于工作关系，我会与一些教育专家面对面，于是经常听见这样一句话：“好孩子是夸出来的。”

他们认为尖子生之所以成了尖子生，最重要的就是父母，以及幼儿园、小学和中学的教师反复地欣赏、夸赞他们，从而使这些孩子自觉或不自觉地形成了“我是一个成功者”的自我形象。

鼓励和赞美是教育孩子的法宝。人人都有自尊心，乐意听表扬，不愿意听批评。孩子年龄小，他们更喜欢听好话，而不喜欢大人处处限制他们、指责他们。为了适应孩子这一心理特点，在教育的方法上，家长就应该多给孩子一些鼓励和表扬。

一群孩子在家里玩，可能会把地板搞得很脏，水到处洒，此时你如果厉声呵斥：“快停下，怎么这么没有规矩？”孩子们会觉得在你家玩一点儿也不自由。如果你说：“让我看看哪个孩子最懂事，知道家里不能随便洒水，先停下来的那个肯定是最聪明的孩子。”你会发现立马就有人停止玩水，而别的孩子也希望做聪明的孩子，于是大家就会顺着你的思路走。这就是孩子，对他们进行表扬的力量永远比批评的力量要大。家长们千万不要吝惜鼓励和赞美，因为这些会在对孩子的教育中收到意想不到的效果。

从心理学意义上讲，每个个体都有被尊重、被认可的精神需求，一旦这种精神需求被满足，人就会充满自信和动力。记得儿子小时候喜欢画画，学得挺快，画得不错，但没有常性，经常两天练习，三天休息。为了鼓励他画下去，我就奖励他去书店买书，趁机给他买很多关于画画的书籍，并对他说，只要坚持，可能有朝一日你也可以像书中的老师这样画出自己的作品来。他在练习的过程中，稍微有点进步，我就请求他把作品送给我收藏，并当着他的面把画珍藏在包包里。这些小小的举动给了他莫大的信心，而学校比赛中的各种获奖经历也给了他成功的体验。最终，他在老师和同学的不断赞美中，对画画充满了兴趣。

也许有的家长会说，自己的孩子只会吵闹，没有值得欣赏的地方，这样说肯定错了。如果你对孩子有一千分爱心，就能找到一千种赞美的方法。世界上没有完全相同的两个孩子，每个孩子都有自己的长处和短处，我们要善于发现，对孩子身上出现的闪光点，随时赞美，让孩子感受到父母的欣赏、肯定和期望。

还有的家长说，孩子的优点不会逃走，缺点你不说，他就改不了。于是，平时总是盯住孩子的缺点不放，张口就是“你真笨！”“好差劲！”“没出息！”“这点事都做不好，真没用！”这样你会发现孩子越来越表现得像你批评的那样，越来越没自信，越来越感到自己没用。事实上，讽刺、批判、挑剔是教育孩子最忌讳的方式。

只有把冷眼、指责、讥笑变成鼓励、表扬、赏识，只有让孩子反复享受到成功的喜悦，反复感受到被关爱、被肯定，他才会用积极的心态去面对各种挑战，才会在潜意识中树立“我一定会成功”的信念。事实上，争第一并不重要，每天有进步才最重要。

“华二代”为什么优秀

一个偶然的机会，我遇见一位美国全职妈妈，她的孩子今年高中毕业，考入了美国纽约大学商学院。我知道这是个世界一流的学校，学生往往没毕业就会被华尔街金融机构预招一空。于是，我向她讨教“育儿经”。

“在美国要上好大学也不容易，并不是像国人想象的那样，轻易就能考上。但华人的孩子在美国高考中总是特别优秀，我想这其中和所有华人全职妈妈的努力付出是分不开的。”

这位全职妈妈毕业于国内的医科大学，1989年赴美，先从事医学科研工作，后获得医学博士，通过了美国西医执照考试。大家都知道，在美国考医生执照是非常难的。执照考下来后，她曾在达特摩斯医学院、德州大学西南医学中心、纽约下城医院工作。但为了孩子，她最终毅然决然地辞去了待遇丰厚的工作，放弃了六位数的年薪，选择回归家庭。从此，她的“专业”变成了处理家务，培养孩子。

在美国，全职妈妈的生活与国内的全职妈妈很相似。每天接送孩子，为孩子烧好吃的，关注孩子点点滴滴的变化。为了让在美国出生的孩子从小学好中文，每个周六下午她都会开车送孩子去新泽西州的中文学校。在那儿，她会碰见许多中国家长。几乎每个中国家庭的父母都会把孩子送到中文学校去学中文，孩子们在课堂里学习，家长们就在一起交流孩子们的生活、交友和学习。

这位全职妈妈的丈夫是中国科大少年班第一期学生，大学毕业后考取了美国达特摩斯大学工程学院计算机专业的研究生，后留在美国。对于孩子的教育问题，这位爸爸同样很重视。在孩子进入叛逆期淘气不懂规矩时，他们夫妻总是双双出马共同教育孩子，配合默契，而美国的白人家庭有时就做不到这一点。

全职妈妈说，她从小给孩子设立的目标是让他当医生，但后来发现孩子对医学一点也不感兴趣，她就主动放弃了。她说："让孩子学他自己感兴趣的东西，让孩子快乐，比我们既定的目标要重要得多。"

美国大学申请一般参考三个因素，一是SAT成绩，二是四年高中平均成绩，三是参与各种社会活动以及从中养成的社会责任感。而她平时的教育总是注重发掘孩子的特长，从能力上培养孩子。

"华人的孩子在活动能力上有欠缺。比如，在学校不参加学生会的工作，不是校园活跃分子，不喜欢和同学打交道，不积极参与各种体育文娱活动——遇到这样的情况，父母的作用是非常关键的。我会经常带孩子出入公众场合，尽量创造孩子与他人交往的机会，让孩子从社会公益活动中得到乐趣，培养他们关心学校，参与学校活动的热情。"

这位全职妈妈认为，所谓的"家"，应该有两种：一种是现实中的家；一种是心灵、精神上的家。她觉得不仅要给孩子一个现实的家，更要给他们一个精神上的家。

最后，她说"华二代"之所以比较优秀、素质高，是因为他们的身后是高学历的全职妈妈，她们中间不少是硕士、博士毕业，回归家庭后，把教育孩子作为自己人生中一项最重要的事业，良好的教育背景和中西合璧的教育理念让她们在培养孩子的过程中占据了较强的优势。

做好时间管理

“拖延、磨蹭”“做事杂乱无章”是不少孩子的通病。“为什么我的孩子做作业特别慢？”“为什么我的孩子总是时间不够用，晚上临睡还手忙脚乱地整理东西，第二天到学校还是忘记带这带那。”很多父母这样抱怨自己的孩子。其实，作为家长，你应该帮助孩子一起来做好时间管理。

每个人每天都拥有二十四个小时，这是绝对公平公正的。但为什么有的人利用率高，有的人利用率低？这其中就有时间管理的学问。

早晨醒来赖床，抓耳挠腮摸头发，东张西望盯天花，十多分钟溜走了；该穿衣服了，挑来选去，换来换去，十来分钟又没了；起床后，这磨一下，那蹭一下，十分钟就过去了。这些时间就像关不紧的自来水，白白浪费了。

时间是人生最大的财富，一分一秒逝去之后再也不会回头，那么该如何更有效地利用时间呢？如果你的孩子不会列计划，你首先就要教会孩子记录时间的能力。比如选一个星期的时间，每天记录几时到几时在做什么事情，明确地知道时间是如何花掉的。

通过记录和统计，可以看出自己在哪方面花了太多的时间，什么时间是必须花的，什么时间是可以相对缩短的。如果想要进步，就必须先了解现状。当一星期结束后，分析一下，这周你的时间如何可以更有效率地安排？有没有一些不必要的事情占用了太多时间？有没有方法提高效率？

在仔细分析自己的时间记录表之后，孩子一定会感到十分惊讶："原来在这些我早已习惯的日程安排的背后，隐藏了那么多的时间漏洞！原来我在不知不觉中浪费了这么多时间！"那就可以着手管理时间了。计划是其中非常重要的一个环节：每天有一个日程表、随身携带备忘录、合理安排做事的先后次序……

孩子在做时间统计的时候，肯定会发现每天有很多"时间碎片"是流失掉的，例如等车、排队、走路、搭车等，这时你可以用来背单词、打电话、听音乐等，把这些"时间碎片"用足。

每个人每天都有干不完的事，唯一能够做的就是分清轻重缓急。要知道急事不等于重要的事情，每天除了办又急又重要的事情外，一定要注意不要成为急事的奴隶。有些急但是不重要的事情，要学会放掉，要学会对别人说不。时间管理就是要找到自己的优先事件，如果总是让一堆琐事占据了时间，重要的事情就没空去做。

据测算，人如果利用最高效的时间，只要 20% 的投入就能产生 80% 的效率。相对来说，如果使用最低效的时间，80% 的时间投入只能产生 20% 的效率。如果孩子做不了全年的计划清单，至少也有必要做"月清单"。把任务切割成块，按优先次序排好，并且设定完结期限，这样时间的利用率就会大大改善。

让学习有计划、让目标有执行、让执行有反馈，有过程，有结果，才会事半功倍。你对时间的利用率越高，你的收获就越大。所以，我们都必须学会有效率地使用时间。

培养敬畏之心

敬畏，是人类童年时期萌发的一种基本情感。有敬畏心的孩子比较容易遵守各种规则，听师长的话，对人恭敬，理性正直。然而，我发现，时下不知敬畏的人越来越多了。

何谓敬畏？敬畏是一个人对某种事物保持的一种尊重、畏惧。这种“敬”是对事物发自内心的尊重，这种“畏”不是单纯的畏惧，而是对自身行为的一种警示和自省。因为“敬”会有所为，它告诉人应该怎么做；因为“畏”会有所不为，它警告人不该做什么。敬畏是一种人生态度，一种品德，一种约束。

在我们的教育中，敬畏这一课通常是缺失的。特别是一些“富二代”“官二代”，他们在相对优裕的环境中成长，就自认为了不起，甚至认为自己可以不遵守最基本的法律法规。这就是因为他们缺乏“敬畏”教育。

培养孩子的敬畏之心，首先要让孩子敬畏生命。生命是神圣的，生命对一个人来说，是唯一的、不可复制的。敬畏生命，珍爱生命，是一个人应该遵守的最基本的道德规范。敬畏生命，才会珍惜生命，才不会随意做出伤害自己或他人的事情。

其次，要敬畏大自然的力量。对于无法与之抗衡的自然力量，我们只能选择顺从，否则自然一定会让我们得到“回报”。如果我们变本加厉地向大自然掠夺，有时候自然界就会让洪灾、泥石流、雪崩来“报复”人类。人类很渺小，更多的是无能为力。森林减少、环境污染、生态破坏、气温升高等，一系列危及人类生存发展的问题接踵而来。这就是人类对自然缺乏敬畏之心所产生的后果。

再者，要敬畏父母。身体发肤，受之父母，敬畏父母，就是感恩父母的倾力付出。懂得父母之爱的宽厚、无私，是对自己、对亲人的尊重。

最后，还要敬畏法度。没有规矩，不成方圆，法律是人类社会共同制定的行为规范和准则，是社会良性运转的砥柱。一个社会如果没有对法律的敬畏，后果将是难以估量的。现代社会中，有的人目无法律，肆无忌惮地违法犯法，就是缺少对法律的敬畏。

敬畏大地，就会反省自己的浅薄与浮躁；敬畏他人，就会尊重、关心他人，不轻侮、不敷衍；敬畏工作，就会尽心尽力、用心做事。

古人云：“畏则不敢肆而德以成，无畏则从其所欲而及于祸。”遗憾的是，现在孩子的敬畏之心正在弱化。

培养孩子的敬畏之心，才能让孩子自律，才能让孩子自觉遵守和维护社会、学校、公共场所的秩序和规章制度。心存敬畏，人会谦和理智，对待事物也会客观理性。所以，在孩子成长的过程中，一定要补上“敬畏”这一课，这是一个人必须具备的基本品质。

早恋

一个荷兰的朋友回国，给我讲了一个故事。故事涉及孩子的早恋。

朋友说，她在荷兰工作时，有一名同事是中国人。这名同事有一天对她说，他听见自己十四岁的女儿告诉同伴，自己喜欢班上的一个男生。这男同事紧张得不得了，当晚就找到那个男生的父母（荷兰人）谈了这件事。荷兰夫妇说："不用管他们，过两天就没事了，不用大惊小怪。你如果干涉了，就别期望你的女儿将来再和你们交流。"几个月过后，朋友的同事问女儿："你怎么不去那个男生家玩了？"女儿回答说"没劲"，因为她发现那个男生一点儿都不好玩。

朋友对我说："我十四岁那年也喜欢上一个男生，我把这个秘密写在了日记里。时间过了很久，我几乎已经忘了这件事，我父亲却偷偷翻出我的日记，用红笔在日记上画出很多句子，还逼着我读出来。十年过去了，我到现在还很清楚地记得那天我流了很多眼泪，当时的感觉是恐惧、羞辱又愤怒。虽然那时我被迫承认'我错了，要把所有心思用在学习上'，但是从那以后，我做的事再也不写在日记里，我和父亲的'间谍'

和‘反间谍’战争从此拉开了序幕。孩子不懂什么叫爱情，他们朦朦胧胧地以为喜欢和谁一起玩、一起说话，那就是爱情，其实不是。这些最初的好感就像是清晨的雨露，不可随意践踏，要留给他们一些最纯真的美好，否则你给孩子造成的伤害是你自己都无法估量的。”

朋友还认识一个十八岁的荷兰女孩。有一天，她对妈妈说：“我如此爱我的男朋友，我决定从此跟他生活在一起。”她妈妈听到后很震惊，她知道这是一个不好的决定，但她还是对她女儿说：“那好吧，我今晚开车送你去你男朋友家。”一路上，她给女儿讲了自己的经历，告诉她自己对于爱情的理解。男朋友家到了，妈妈打开车门让女儿下去，女儿却说自己改变主意了。如果这事发生在我们身边，相信一些父母肯定极力阻止，甚至吼孩子：“你不准给我去！”而这样的强烈反对往往会激发孩子的逆反心理，使他们和父母对着干。

早恋确实是幼稚的，但它是一个人成长过程中的美好回忆。它本身具有双面性，关键看父母如何引导，堵不如疏。因为青春期的萌动，孩子对异性产生好感是一种正常反应，父母不应大惊小怪，更不应把事情扩大。国外的学校对中国学生“早恋要被惩罚”表示很惊诧，觉得不可理解。我认识的一些清华、北大、浙大的优秀学生也有不少人早恋，为什么他们没有误入歧途，反而成了同学中的佼佼者？是因为这些学生能正确对待早恋，早恋不仅没让他们荒废学业，反而成为他们刻苦学习、共同进步的动力。

要知道，当初的一株小树苗，以后会长成什么样子，或者愿意和哪棵树站在一起，谁也无法预料。那么，只要这棵小树苗不长歪，何不让它顺其自然地生长呢？

良好的品行最重要

昨晚和澳大利亚归来的冯总一起吃饭。席间，听他讲了许多有关澳大利亚的事情。

澳大利亚的犯罪成本很高，如果企业造假，不仅要监禁，还要没收所有家产，所以没人敢做那样的事。

冯总女儿在澳大利亚读书，虽然学校离家很近，家中有房、有车、有保姆，非常方便，但她不住家里，而是一个人住校，同时还打两份工，一份在超市、一份在猪肉店。虽然她已经是法学博士，可依然肯吃苦。她说，不这样会被同学笑话。

冯总说，他的公司在国内招人面试时，首先要问应聘者对中国传统美德知道多少，如果不知道，“No”，那就不能录用。

他认为对于孩子的教育，品行最重要。

教育到底要教给孩子什么？许多家长不惜代价、不遗余力地让孩子学语数外、音体美，似乎有了特定的知识、技能、专长，就能确保孩子在未来激烈的竞争中处于不败之地，就能确保孩子一生的幸福。真是如此吗？不一定。知识、技能、特长是很重要，但还有比这些更重要的东西，那就是一个人的品行。

现在，父母对孩子的智力开发投入非常大，也舍得花钱。随便走到一个小区或者学校门口，到处都是各种培训班的广告。什么开发右脑、写作培训、英语启蒙、奥数补习等，当然还有很多其他方面的培训，唯有孩子的品行教育没有培训班。

有一天，我路过一个小区，远远看见一个孩子手里拿着一块小石头在玩，我走过他身边时，他突然把石头对准我的背后扔了过来，一下子砸在我的腰上。我停了下来，虽然石头不大，我没有受伤，但我叫住了那个孩子，希望他能向我道歉。可孩子转身就躲到了在一旁聊天的母亲身后，还一脸你能拿我怎么办的神情。我把情况向他母亲说明了，可没想到他母亲说，你一个大人怎么和小孩子计较，这种小事用不着道歉。这样的教育让我很无语。

有时候，看到小区运动器材上有孩子在玩，当别的孩子也想玩时，那孩子就是不让，还耀武扬威地说："你等吧，等到天黑我也不给你玩。"每当我看到这样的孩子，心里就会涌起一股莫名的悲哀。一个人，有再多的知识、再大的才华，如果是非观念不清、品德不行，那他的才能恐怕也不能造福社会！

一天，隔壁上幼儿园中班的泰泰回来和我说："阿姨，今天我同桌手工做得没有我好，我得了老师的五角星，老师还表扬了我，可我同桌趁我不注意就偷偷把我的手工作品撕掉了。我好伤心。"我说，他这样做可不好。泰泰说，他同学中有这样行为的人还不少，看到别人好的东西就会搞破坏。

其实，在对孩子的教育中，不管是家庭教育还是学校教育，核心是做人教育。做人的底线是什么？做人的责任是什么？对的要坚持，不对的就要勇敢去改正，并承担因为自己的不当行为而产生的后果和责任。

孩子做错了事，不愿意向别人说一句对不起，看似很简单，实际上折射的是教育上的缺失。孩子做错事时，家长经常会这样说：“小孩子懂什么啊，他怎么知道这事不该做啊，他还小，随他去吧。”事实上，孩子虽小，已开始对外界的人和事进行观察，有了一定的是非观念，而且他们已经学会看家长的反应，如果一味纵容，只会助长孩子的不良习惯。

虽然德育教育一向被列为首位，但实际上是比较薄弱的，青少年犯罪案件一度占到了刑事犯罪案件的一半以上。能否把孩子的品行教育好，是孩子一辈子成功与否的关键，你给孩子怎么样的是非观，孩子未来就是什么样的人。

有良好品行的孩子，懂得为父母分忧、懂得承担责任。这样的孩子能领会父母对自己的期待，不仅知道对自己的未来负责，也知道对父母负责，他们在学习中也往往更容易变得积极主动。

有着良好品行的孩子，懂得尊老爱幼、助人为乐、热爱集体、遵纪守法，懂得团结与协作的重要性，这样等他长大走上工作岗位后，才能很快赢得好人缘。

有着良好品行的孩子，富有同情心、喜欢大自然、关爱小动物。这样的孩子往往会有一双敏锐的眼睛，并有更多的感受和思考。他们的思想特别丰富，性格也往往比较开朗、活泼。这样的孩子走上社会后，会有更大的人际交往圈子，会得到更多人的帮助。

正如教育家苏霍姆林斯基所说：“儿童必须经常努力给妈妈、爸爸、祖父、祖母带来欢乐，否则，儿童就会长成一个铁石心肠的人，在他的心里，既没有做儿子的孝顺，也没有做父母的慈爱，更没有为人民做事的伟大理想。”

一个人的品行要比知识、特长重要，而良好的品行又是在日常生活的潜移默化中完成的，它需要我们长期不懈地努力。

让孩子自力更生

“现在大学生学习压力大，读书时就让他去打工，万一成绩受到影响怎么办？还是等他工作之后再赚钱吧！”大多数家长都认为给孩子付每个学期的生活费是天经地义的事情。

可我身边的几个朋友却不这样。一个杭州的朋友，女儿在墨尔本大学学生物科学。朋友只有这一个孩子，我想学费肯定是家里供着。可朋友告诉我，女儿上大学的生活费和学费全是她自己勤工俭学挣来的。女儿白天在学校上课，晚上到商店做营业员打工，好像并没有发生家长所担心的学习成绩下降的情况，反而通过打工成熟得更快，而且更能体谅父母的艰辛和不易。

另一个是移民意大利的朋友，他女儿学的是医学，要学六七年。学医课业挺重，学期里没空，她就利用两个假期打工，居然也能自给自足，自从上了大学就没有再向家里要过一分钱。朋友说，他女儿偶尔还会给他零花钱用。因为女儿英语、意大利语和中文都说得特别流利，不像他，年纪一把了才出国，不会说意大利语，在意大利要找个好工作并不容易。

女儿口语好，形象好，经常为政府的一些外事活动当翻译，一天下来就有两三百欧元，虽然还在上大学，但挣得居然比他多。

于是，我想，孩子考上大学之后，到底要不要为他们支付学费和生活费？在中国，不少家长会在孩子小时候就给他们买好大学储蓄，一旦考上大学了就取出来用。但国外的父母几乎不会为孩子上大学储蓄一分钱。不是说家中没有钱，只是他们认为教育孩子最好的方式，是让孩子自力更生。

在美国，有人调查过，有 38% 的年轻人没有从父母那里得到财务支持，而年龄在 19 ~ 23 岁的年轻人中，只有 35% 得到学费资助。他们认为，如果孩子没有付出，就不会真正了解教育的价值，或是金钱的价值。

一个暑假，我家孩子在杭州“新东方”当了一个月助教。当时他住在萧山，每天早上坐地铁赶到武林门的“新东方”上班，晚上回到家中一般都是 8 点之后。大热的天，每天这样来来回回，人晒得很黑，最后领到的工资是 1790 元。虽然辛苦，有时甚至没时间吃饭，但事后回忆起来他一点儿都不后悔，因为学到了不少东西，也交到了朋友，他感觉很快乐。而这笔钱，一直到现在，他都没舍得花。也许是自己的劳动所得，格外珍惜吧。

一些参加暑期打工的孩子说：“赚点小钱都这么不容易，赚大钱就更难了。爸爸妈妈确实辛苦，我们不好意思再乱花钱了。”其实，父母开心的不是孩子赚了多少钱，而是懂得要想成功就必须不怕吃苦，懂得靠自己的努力去追求自己想要的生活。

一个相识多年的老友，年少时家中很贫穷，她身上所穿的都是她姐姐穿不了的旧衣服改成的新衣。当时因为家境不好，日子过得拮据。如今步入中年拥有了自己的企业，生活也蒸蒸日上。她不无感慨地说，她喜欢读书，但家里实在供不起，于是她只身北上，半工半读，白天当女工，晚上去念书。刚开始打天下时，她就在小小的办公室里睡沙发，每天挨家挨户拜访企业主，经常被泼冷水，但从来不气馁。经过多年打拼，才有今天的成绩。如今已经稳扎稳打地将事业从南方发展到北方，企业效益一年比一年好。

我相信，今天吃点苦，明天就不怕苦，每天吃点苦，未来就不会苦。这样的孩子长大后，才能学会感恩、学会报答、学会分担。

自己需要什么，就去努力，去创造，去争取，家长不要干涉，让孩子健康成长，独立生存。

在寒冷的冬天，当中国的同龄孩子还在热被窝里睡懒觉时，西方孩子早已起来挨家挨户去送报了。这在娇惯子女的中国家长看来可能有些“残忍”，特别是一些老人，根本见不得自己的孙辈吃一点点苦。在中国，父母对子女的照顾是无限的，从小到大，他们会帮孩子把一切都料理好，生活、学习以及经济上的各种需要，他们会想方设法攒钱供孩子读大学、出国、结婚、买房子、养儿育女等。父母做这一切时，是心甘情愿的，牺牲非常大。其实，这样到底是爱孩子还是害孩子，真的说不清楚。

其实看似“狠心”的教育，却能让孩子懂得“一分耕耘、一分收获”这个最基本的道理。你想想，如果是他们自己攒钱上大学，还会舍得逃课吗？

挺起自信的胸膛

对一个孩子来说，自信心是非常重要的。自信的孩子处世乐观，做事主动积极，乐于接受挑战；缺乏自信的孩子在面对问题时，常常会表现出柔弱、恐惧，不主动与人交往，从而失去很多学习和锻炼的机会，影响自己的发展。

心理学家盖杰·伯令纳认为，不断地肯定能树立一个人的自信心，特别是对那些某方面能力不足的孩子，我们不仅要充分理解、不断鼓励，更要让他相信自己能“行”，从而将自身潜力发挥出来。

有一本杂志上介绍，在美国的一些课堂上，老师并不公布学生的分数，而是将一封密封的信递到学生手中。在信里，他悄悄地对每个学生重复着同一句话：“你是我们这个班上最棒的！”学生读后，一脸灿烂。

我们的孩子，在幼儿园和小学低年级时有很强的求知欲，不管人们问什么问题，尽管有时他们不会，但他们总会自信地高高举起双手说：“我来回答！”可是，随着年级的升高，他们不再高高举手，学习上的自信和热情也慢慢退化了。

因为他们会答错问题，他们听到的不是表扬，更多的是批评、讽刺，他们会失望与茫然，会感到羞愧，他们的好问和好学就打了折扣。

现代的儿童教育观提倡给予孩子鼓励，老师要适时、适地和适当地鼓励孩子去想、去做、去表达自己的想法，对学生在学习和生活实践中所做的哪怕是一点努力都要及时给予肯定和表扬，这才有助于树立孩子的自信心。老师经常鼓励学生，有时哪怕只是一两句话，都会在学生的心里埋下自信的种子。相反，如果老师经常埋怨、训斥学生，就会使他们失去信心。

“每个学生都有一个独一无二的内心世界”，而这颗心又是十分敏感和脆弱的，对于什么是爱护，什么是挑剔，什么是真心实意的帮助，什么是毫无感情的管教，它能准确地作出判断，只有真心爱孩子，才能赢得孩子的信任和依恋。

如果大人经常说孩子“聪明”“能干”，他就会认为自己很不错，做什么事也会有信心。如果大人经常说孩子是“笨蛋”“傻瓜”，他就会认为自己很差，做起事来信心不足。因为孩子的自我意识较差，往往用大人对他的看法来评价自己。我们要帮孩子找到自己的优点，为孩子提供表现的机会和环境。比如：学习成绩不好的，那就让他到运动场上一展雄风；体育处于弱势的，那就让他到舞台上一展柔姿；胆小的孩子，就给他一些小任务去做，让孩子在小小的成就感中体会快乐。

德国教育家第斯多惠曾指出：“教育的艺术不在于传授本领，而在于激励、唤醒、鼓舞。”给孩子积极健康的心理和终生受用的勇气、力量和信心，让孩子挺起自信的胸膛才是我们的职责所在。

看老外当校长

去年，儿子学校新增了一个剑桥高中，校长是名老外。儿子回来说，老外当校长就是和国内校长不一样。

剑桥高中学术校长名叫威廉，英国人。他每天早上七点准时到校，与学生共进早餐，然后站在班级门口目送学生进课堂。威廉说，不直接和学生相处，我怎么知道学生在想什么，我只有在非学习状态下，才能真正了解一个学生的所思所想。

学生刚刚到校报到，威廉就花了一个星期的时间专门训练他们怎么做笔记。对老师他也重新进行了培训，专门花一天时间教老师怎么提问学生。他认为，这些事情看上去简单，但里面的学问很大。

威廉说，如果你是好老师，那你的眼里就应该没有差学生，不论什么样的学生，老师都能够激发出他们最大的潜能，创造出不可能的奇迹！当人处于自己所长的领域或者感兴趣的园地时，往往会如痴如醉，学习起来甘之若饴，甚至不眠不休。此间之极佳精神体验如果因为教育者的粗暴和无知，使得孩子对学习产生恐惧而无缘得尝，对成长中的孩子来说，是多大的遗憾啊！

该校每两周开一次家长会，不断与家长沟通，不断反思教学成败。对调皮捣蛋的学生，威廉的处罚是在学校做义工。

威廉的办学理念和思路与国人不一样。在他看来，中国的校长是官员，成天忙于应付各级领导和社会事务，而他们的校长是专业的校长，除了教学，不会有别的社会事务。校内不能抽烟，老师只能站在校门口抽烟。

威廉花整个学期的时间培养学生礼貌用语。他会对学生说："If there is anything I can do, please let me know.（如果有任何需要我做的事情，请告诉我。）""Can I do anything else for you today?（我还能为你做点什么吗？）""Don't worry. Take your time.（别着急，慢慢来。）"同时他也要求学生这样说。他觉得会使用礼貌用语不仅是一个人良好修养的表现，也是一种基本的谋生手段。在英国，熟练掌握这些语言的人，一个人的小费等于别人一个月的工资。

最近，学校举办了一个"高桌晚宴"。晚宴上，威廉邀请社会各界知名人士进行餐前演讲，遵循严格的程序和规则，并要求所有参加者着正装或礼服出席，目的是让学生在进晚餐的同时，培养良好的社交礼仪与习惯，不断丰富自己的人生阅历。

威廉要求老师随时为学生的出色表现喝彩，每个学生都需要鼓励，他希望学生能始终抱着"终身学习"的理念。在威廉看来，教育的思想和理念，就体现在每一个教学细节中。

威廉校长觉得学校就是要为学生提供一流的教育服务，使每位学生充分发挥潜能，获得良好发展。他来到中国，希望将更多的孩子培养成"有国际视野""举止文明、行为得体、善于沟通"的国际化人才。

爱他，就给他自由和幸福

什么是真正的家庭之爱？就是父母给孩子快乐，无条件地接纳孩子。

换言之，不管子女出色与否，不管他是否“输”在起跑线上，我们都要爱他们、接纳他们。父母不能用势利的眼光看待自己的儿女，不能以养儿防老、光宗耀祖这样的家庭观念来要求孩子。不要觉得你培养了孩子，孩子就要对你有所回报。其实，孩子要走的路应该是他自己选择的结果，而不应是你为他安排的。他能否成功，外在影响因素很多，能否成功不应成为父母爱他的条件。孩子也不是父母与别人对比的筹码，所以，请不要把别人孩子能做到的事情强加到自己孩子的身上。

爱他，就要给他自由和幸福。

许多父母会把自己年轻时没有实现的理想安插到孩子身上，希望他们能代替父母去实现。可那个梦是你的梦，不是孩子的梦，强迫孩子替你去完成梦想，对孩子而言，是不公平的。孩子有孩子的生活时代和背景，父母要做的就是适时地给予鼓励、引导和肯定。

孩子一进入学校，就像进入了竞技场。谁的成绩好，谁在班上排第几名，一目了然。学习需要竞争，但竞争不是学习的全部，而只是其中的一部分。这就像一个人一生都在走路，有时你通过跑步赢了，有时你累了开始休息，于是你就落后了，但可能不久别人累了，你又跑到前面了。所以，孩子的输赢是一生的积累，父母不用担心他们会输在起跑线上。

现在，很多父母把出人头地、成为人上人当作自己教育子女的不二选择，认为只有这样才算“成功”，甚至倾其积蓄将孩子送到国外，目的就是让他们上名校，光宗耀祖。一些父母自己学历低，身份低微，所以总是希望孩子能出人头地，天天逼孩子参加各种各样的学习班，拿不到高分就不给他笑脸看。可这样的辛苦也许在没把孩子培养成才的时候，就先把他们拖垮了，更何况也许你的孩子更想做个普通人，那父母就应该尊重他。

作为父母，不应只是期待他考多高的分数、出类拔萃，更应该让孩子做一个有爱心、快乐的人，做他自己喜欢做的事，成为他想成为的人。我的孩子，如果他愿意去当清洁工，就去做。只要快乐，我就全力支持，并且告诉他必须对自己的选择负责，对自己负责。我的孩子，分数不一定最高，但必须活泼可爱，善于交流，是一个受人欢迎的孩子，这样我就感到欣慰了。只要他健康快乐，我就放心了。父母不能把孩子捆绑起来，要给他自由的空间，要做孩子的朋友，努力满足孩子内心的真正需求。

有人抱怨说，我是爱孩子的，我的出发点都是为孩子好，可为什么孩子不领情呢？可以，每当父母教育孩子的时候，是否会反思：“我所说的话是不是真的从孩子的角度出发了，里面有没有夹杂自己的私心和虚荣心？有没有用势利的眼光看孩子，把自己的愿望强加给他？”

父母多一点耐心，多一点宽容，多一份等待，孩子就多一点自信，多一点进步，多一点快乐。

第五辑　寂静里，尘世向暖

校工老廖伯

“今天去赶集，我要吃香喷喷的油煎包子，好不好？”

“好啊，小囡要吃的，老廖伯保证眼睛一眨也不眨马上买。你看看我的眼睛，是不是一眨也没眨？”

我很认真地踮起脚来看了看老廖伯的脸，果然，他眼睛睁得大大的，一眨也没眨。我开心极了，拔腿就往前跑：“好啊，好啊，吃油煎包子去喽！”老廖伯在后面哈哈笑着，大声招呼我：“走慢点，仔细脚下的石头，别摔倒把牙给磕了，牙磕了就吃不成油煎包子喽。”这条小路我太熟悉了，哪会摔着呢？我回头冲老廖伯做了一个鬼脸，跑得更欢了。

从学校到集镇要走六里山路，路两旁是刚开的油菜花，黄艳艳的连成一片，深吸一口气，阵阵花香扑鼻而来。花丛里夹杂着各种各样不知名的野花野草，成群的蜜蜂在田野里嗡嗡闹着，黄的、白的、粉的蝴蝶在我们身旁飞来飞去。春光如此美好，我觉得我和老廖伯是这个春天里最幸福的人。

老廖伯去赶集是为了买一些日用品，我跟去只是为了解馋，因为集市上会有很多小吃。没逛多久，老廖伯就会让我在集市边上的小吃摊坐下，要一碟香喷喷的油煎包子，再要上一碗飘着猪油花的小馄饨。我一边坐着慢慢吃，一边等老廖伯逛完街再带我回去。如果吃好了，老廖伯还没来，我就到集市旁空地上租本小人书看，风会送过来小笋和萝卜的清香。

回去的路上，老廖伯牵着我的手慢悠悠地走。我走累了，就在地头坐下休息，时不时把脚边的茅草轻轻拔出来，然后去掉外面的草叶，把雪白的茅芽根塞进嘴里，那甜滋滋的味道就在我的舌尖轻快地蔓延开来。可老廖伯没闲着，他麻利地翻过几道田埂，爬上路边的山坡摘来一把香椿嫩芽。我就知道，晚上一准儿有香喷喷的香椿炒鸡蛋吃。

老廖伯是我父亲所在的那所农村学校的校工。他到那所学校的时间比父亲还早。当时，母亲在外地工作，与父亲分居两地。父亲在学校做教务主任，工作繁忙，基本上顾不了我。所以，在学校的日子，我绕膝撒娇的人就是老廖伯。

老廖伯长得胖胖的，脸圆圆的，成天笑眯眯的。打我有记忆开始，生活中就有老廖伯的身影。

老廖伯的主要工作是敲钟，那时学校上课、下课没有电铃，上、下课只能听老廖伯的钟声。他房间里有一只闹钟，他看着那闹钟，一到时间，就到操场旁边的那棵大樟树底下，握着那根粗粗的绳子，一下一下用力地拉动钟摆，悠扬的钟声就会响彻整个校园。随着钟声，学生们像欢快的小鸟，一下子全飞出了教室。

那棵樟树上挂着一口好几个人都扛不动的大钟，敲起来声音特别洪亮。

“让我也敲一次，好不好？”每次牵着老廖伯的手去敲钟时，我总想自己也试试，可拉过绳子来，发现好沉好沉，小小的我根本敲不响那口钟。

除了敲钟，老廖伯还干不少杂活。学校没有自来水，食堂灶头旁边有一口巨大的水缸，学生们的用水就取自那里。每天清晨，老廖伯起床第一件事就是要到远远的井里挑水，一趟又一趟，直到把水缸装满。然后是帮学生蒸饭，烧火做菜。

我有一只小小的饭盒，上面刻着我的名字。我每次从家中量好米，就到食堂找老廖伯，然后他手把手教我淘米。因为个子小，我爬上两个台阶还够不着蒸饭的锅子，经常是老廖伯过来把我的饭盒放到锅子的正中间。看着我那只特别小的饭盒稳稳地放在最上面，想着中饭已经有了着落，我才放心地到操场上去玩。

至于中饭，我有一半时间是与老廖伯一起吃的。老廖伯早早就帮我把饭盒拿出来了，他最喜欢吃红烧肉，有肉的时候，他就自己开一个小灶，炒上满满一大碗。那肉又大又肥。吃肉的时候是他最开心的时候，他会喜滋滋地抿一口米酒，吃一块肉，然后脸庞红红地给我讲他为什么特别爱吃红烧肉。

“我是被国民党抓壮丁抓到这儿来的。那是 1949 年，我被捆着双手带到这个山区，当时我 20 岁出头，从没离开过老家，一路上心里害怕极了。”这是一段老廖伯最喜欢说的历史，也是他永远不会忘记的事。“有一天，我正迷迷糊糊地缩在一个屋子的墙角，突然进来几个人，帮我解开了捆绑双手的绳子，又亲切地问我是哪里人，还问我饿不饿。我说饿了，他们就给我端来一大碗红烧肉。真香啊，我长这么大还没吃到过这么好吃的肉，一下子碗就见底了。”老廖伯说，吃完红烧肉后，他才知道救他的人是解放军。他们告诉他，中国解放了，从此人民翻身做主人了。“解放军待人和善，还有红烧肉吃。”老廖伯说因为这个，他就跟着解放军留了下来，从此再没回老家。事实上，老家也没什么亲人了，后来，老廖伯就成了学校的一名校工。

父亲上晚自习的夜晚，总是老廖伯哄我睡觉。老廖伯不识字，但他会讲很多故事，比如嫦娥奔月、后羿射日、精卫填海，有的是听老人讲的，有的是他看戏看来的，有的是听说书的讲过。我觉得他讲的每一个故事都好听，听着听着就迷迷糊糊进入了梦乡，父亲什么时候把我抱回去的，我一点儿也不知道。

有一回，老廖伯不知从哪儿得了一只可爱的小鸟，黄蓝相间的羽毛，长长的尾巴，可好看了，转手他就送给了我。我把这只小鸟用一根绳子系着，随时随地带在身边，还抓了小虫喂它。现在想起来，那是我人生中第一次养宠物。

因为带着一只小鸟，那几天，小伙伴们都围在我身边，很多人特意来和我套近乎，只为了让我把小鸟给他玩一会儿，我小小的虚荣心得到了大大的满足。可好景不长，小鸟受不了我们的过度“热情”，开始生病，不久死了。为此，我伤心了好一阵。老廖伯就安慰我说，会让别人再给我抓一只来，我却不想要了，因为觉得小鸟挺可怜的。

学校放假时，我会跟随父亲离开学校。但老廖伯放假也住在学校里，因为他没什么亲人，早已把学校当成了自己的家。这么多年来，只有一个远房的侄儿来看过他一次。我听大人们说，老廖伯结过婚，但他爱人因为生孩子难产过世了，孩子也没有活下来，从此他再也不谈婚嫁，只孤身一人。但他喜欢孩子，一直用自己的工资资助着好几个家境贫困的学生。

开学后，我拿着学校发的新书回到老廖伯的身边。“这本要包起来，这本也要包起来，还有这本。”彩色的新书是我的最爱，闻着淡淡的油墨香，我总是特别开心。老廖伯宠溺我，马上翻箱倒柜为我找出一叠牛皮纸，然后用一把小尺和剪刀，细心地给一本本书包上带护角的书皮。“太好了，有了这又厚又硬的牛皮纸包书，一个学期用下来，我的书都会是崭新的。”老廖伯帮我把包好的书一本一本放进书包里，摸着我的头说：“小囡一定要认真读书，将来才有出息！”

老廖伯喜欢种花。在老廖伯的熏陶下，我很快认识了各种花，凤仙花、海棠花、迎春花、瑞香花、山茶花等，操场上的每一种花，我都一眼就能叫出名字来。老廖伯最喜欢的是昙花，但一直没见它开过花。

有一年夏天，昙花肥厚多肉的枝杆上终于长出了一个个火箭状的粉色花苞，老廖伯别提多开心了。他天天围着昙花转，不时和我说："小囡，你看见了吧，这么难种的昙花我都能种好，是不是很了不起啊？""是啊，好了不起啊，你太厉害了！"我仰头对他大大夸赞了一番，从不唱歌的他忍不住哼起了小曲儿。

我没见过昙花，内心也特别期盼。等啊等啊，终于等来了昙花开花的日子。让我没想到的是，那个夜晚居然成了整个学校的节日，不仅所有的老师都围在食堂那小小的天井里看昙花，学生也趁机不上晚自习了，里三层外三层来参观。那硕大的花朵素净芬芳，层层叠叠的花瓣精致光洁，如丰腴的白玉，一阵微风吹过，花朵微微颤动，缕缕清香扑面而来……那天晚上，老廖伯像喝醉了酒似的，不断地向人们介绍他的种花经验。

初中要进城上学，我就离开了老廖伯。其间，我时常回去看他，每次他都是乐呵呵的一张笑脸，问我的成绩，问我的生活，我也一一相告。

再后来，学业忙了，功课重了，我就回去少了。大学毕业工作后，有一回我还特意去了那学校，儿时的景象已不在，那小小的食堂也早就没有了。好在老廖伯还在。此次来，我才知道他一直用退休金资助贫困学生，每年都资助好几个。他笑呵呵地说："我孤身一人，用不了这么多的退休金。我喜欢孩子，多帮帮他们挺好。"

老廖伯挺长寿，八十五岁那年过世。他无儿无女，但十里八村的人全都自发来送他，送行的队伍排得老长老长。因为村民们都记得他的好，都记得他对学生的爱，记得他有一颗善良宽厚的心。

小城深处杏花巷

“好嘞，牛肉面一碗，多放香菜，少放味精，这就来啦！”小巷的清晨，往往就是从这样一碗牛肉面开始的。

面馆已经很老，店不大，装修简单。窄窄的门庭，浅浅的店堂。一扇小门隔开了半间厨房，老公在厨房里忙碌着烧面，老婆在一个小小的柜台前点餐、算账、收钱，还兼跑堂。多年的经营已经形成了默契，来的大多是老主顾，要的只是自己喜欢的那碗熟悉的味道。

汤锅里的蒸汽已经弥漫开来，面是手工拉的，地道有嚼劲。沸水发出“咕嘟咕嘟”的声响，又细又长的面条在水里翻滚着，面被一份份捞出来，放置在一只只白瓷大碗中，然后浇盖上香菜、大蒜、辣子、牛肉，香味就扑鼻而来。在面馆，经常可以看到一些孩子，捧着与自己脑袋差不多大小的面碗，把头埋在里面“呼溜呼溜”喝汤的情景，抬起头来，小脸红扑扑的，露出满足的神情。

小巷是这座城市最老旧的地方，其实几十年前还是很热闹的，如今成了最败落的场所。小巷的路口正对一条繁华的大街，原本那里有十六座石拱桥，如今经过不断的改造，一座也没有了。

小巷悠长狭小，青石板的路面，坑坑洼洼，但每一块石板都很光洁，泛着油亮，这是被人无数次踩踏的结果。人走在上面，一下雨，仿佛能照出自己的影子。在小巷里撑起一把伞，迎面走来的人就可能会碰到你的伞沿。

我来这条小巷缘于这儿住着我的一个婆婆。婆婆不是亲婆婆，她是我奶奶认的一个妹妹。那个年代的人讲情义，奶奶是村里的赤脚医生，因祖上传下来一点儿医术，奶奶经常免费为临近的乡里乡亲看病。婆婆年轻时得了一种怪病，到处医治，一直不见好，后来只剩下皮包骨头，就被送回家来。后来不知是谁介绍她找到了奶奶。奶奶用祖传秘方治好了她的病，而且不收一分钱。婆婆就执意要认奶奶做姐姐。从此，两家人逢年过节经常走动，好得就像亲姐妹一样。

婆婆长到二十二岁时，出落得标致，嫁给了住在小巷最东边的公公。奶奶就和别人说，我们城里是有亲戚的，这个亲戚就是指她认的妹妹，奶奶让我唤她婆婆。城里的婆婆待我如己出，我一去，就给我买各种好吃的零食，比如那时乡下挺稀罕的大白兔奶糖和酸酸甜甜的果丹皮。

婆婆最大的儿子——我大伯，在小巷开了一家理发店。店门前挂了个一年四季不停旋转的彩色灯箱做标志。理发店一般早上九时开门，里面设施陈旧。一条已经发白的挂在墙上的抹刀布，油光水亮。一块磨剃须刀的青石放在门口角落里。一只老大老沉的黑色吹风机挂在墙上——款式也是挺老的那种，一开就“嗡嗡”作响，好像十几个马达在发动。

大伯的生意有旺季有淡季，来的基本上都是熟客。手推剪理过一阵后，开始刮胡子、刮后颈、刮脸，“嗞——嗞——嗞”，“嗞——嗞——嗞”，声音绵长而有节奏……一些顾客便会享受地闭上眼睛，全身松弛下来。

小巷的人对自己头发要求不高，只要给他们剃一个干净利落的小平头就可以。他们去剃头更大的乐趣是和大伯聊天，看店里一天到晚开着的电视。每每有顾客来，大伯总会天花乱坠地和他们谈国际形势和对各种社会现象的看法。大伯是个热心肠，也是个话痨，所以在他那个理发店里，经常可以看到一大堆人坐着，真正理发的只有一两个。很多时候，大伯的理发店更像一个茶馆，大伯给他们泡茶、续茶，他们一坐就是老半天。

有一年，邻居家着火，消防队还没有赶到，火马上要烧到一个液化气瓶了，就在这危急关头，大伯二话不说，勇敢地冲进去，背起液化气瓶就往外跑。当时如果液化气瓶没有抢出来，发生爆炸，那后果将不堪设想。事后，邻居家对大伯千恩万谢，大伯说乡里乡亲的，谁也说不准什么时候有事，邻里之间帮个忙是应该的。

小巷西头的吴叔喜欢拉二胡，一把老胡，熏得发黑，他却当宝贝一样藏着。夏天的傍晚，时常看见他坐在小巷的门前拉二胡。幽幽的琴声，时而低沉，时而奔放，时而舒缓，时而急促，小巷的空气也跟着流转起来，多多少少添了一点古旧的味道。

有一段时间听说要进行旧城改造，小巷原本是要拆的。后来听说有几个搞市志的文人据理力争，终于给保留了下来。他们说，如果小巷再拆掉，那这个城市的历史痕迹就真的一丝也没有了。

小巷确实很老了，但依然顽强地保持着自己原有的风貌。很多旧的事物恰恰是一个城市独有的记忆，曾经的景象，曾经的人，已然发生了太多的变化，唯有这条老巷子还留存着往昔的点点滴滴。一个老地方，多少人的记忆重拾又遗落。小巷的人们，质朴中透着善良。小巷的岁月，从来没有神灵保佑，每日上演的只是无数普通人的普通故事。

在小巷一段荒废的墙上，几根丝瓜正在那儿慢悠悠地生长，好像已经被这个世界遗忘了。泥墙上，黄花开的小小朵，丝瓜也结得小小根……人们匆匆忙忙地行走，匆匆忙忙地过日子，没有人理睬头顶的丝瓜。

小巷却因为有了这一抹自生自灭的亮色而显得更加温暖，让人心生欢喜。

杀猪佬的故事

“我原本应该进县剧团，阴差阳错，不幸做了杀猪佬。”徐头总是爱这样讲，说这话的原因是他拉得一手好二胡。

事实上，只有正月里村里演戏的时候，他才拉二胡。儿时，老家十里八乡的人都叫徐头杀猪佬。徐头的全名很少有人叫得出来，他个子矮小，皮肤黝黑。只要说杀猪佬，大家都知道是谁。

平日里，农村很少杀猪。进了腊月，却是家家户户杀猪，年猪是村民下一年的猪肉来源。在农村，大多有腌制腊肉的习惯，就是把年猪制成腊肉，以供来年享用。如果遇到有人家要过生日或结婚，也要杀猪，这种时候，杀猪佬除了得到固定的报酬外，还可得到主人家给的喜钱。

小时候，我对什么都好奇。虽然大人一再强调小孩是不可以看杀猪的，但凌晨那猪的嘶叫声早就把我们吵醒。透过门缝，我们可以看到那个热闹的场景。家中体力好的大人都已经起来，因为杀猪需要帮手。

杀猪是个辛苦活。一年四季不论寒暑，杀猪佬都是后半夜起床，摸黑到农家杀猪。因为主人一大早要把猪肉送给亲朋好友，中午还要请村里老老少少来吃“杀猪宴”。

杀猪佬的生意一般都在岁末。一头大活猪，经他的眼睛一瞄，便能估计出这头猪的重量。

杀猪佬随身带着一只大大的竹篮子，里面装着各式各样、各种型号的杀猪刀。等猪捉到案板上，便是杀猪佬大展身手的时候。“大家往旁边站一站，我来。”只见杀猪佬一步跨到猪身旁，随着“嗨！”的一声吼，还没来得及看清动作，那把明晃晃的刀一下子就插进猪喉，鲜血喷涌而出，不一会儿，那猪蹬了几下脚，便在案板上不动弹了。

大锅的水早就烧开了，此时热气腾腾地端上来。几个人就围拢来，把猪抬到开水中去煺毛。

猪肉被砍成条块状，敷之以大量的食盐，腌上一个星期，再取出来晾在炉灶的架子上，用湿湿的松树枝等柴火烟熏制成腊肉，然后挂在屋檐下，这样肉就不容易坏，可以供一年四季慢慢享用。

猪内脏什么的，过年时用咸菜或豆粉炒了吃，可以吃上个把月。熬出的大量猪油，一个大罐子装了，以备有客人来时烧面条用。所以，在乡下，只要有条件，家家户户都会养年猪。没有年猪的年就如同白开水一样毫无味道，所以儿时的我虽然觉得杀猪很恐怖，但内心总是盼着年底杀猪，因为只有杀猪，孩子们才能吃上香喷喷的肉。

早些年，杀猪佬在乡间很吃香。年节上一天要杀两三头猪，忙得团团转。杀完猪，不少人家还要炒点新鲜瘦肉给杀猪佬下酒。

时间一晃到了现在，有了正规的屠宰场，加上人们生活条件好了，农户自家养猪少了，杀猪佬的生意就清淡了许多。于是，他又学会了杀牛，手艺也不错。

十里八村的都知道，徐头杀猪手艺好，但他有个不好的习惯，就是喜欢赌博。有时，他要去赌博，就骗老婆说去杀猪。有一次，他输得很惨，借了三千元钱，还不出来，就跑到外地躲了一阵子。他老婆四处借钱才帮他还掉。

徐头赌博时习惯把手机关了，让他老婆找不到他。每回他老婆打不通他的手机，心中那个窝火啊，就暗下决心，找到他绝不轻饶。有一次，他老婆找到他时，他已经输了两百多元钱，他老婆走进去拉起他就走，他不走，他老婆把他抱起来就走。他还在挣扎，边挣扎边说："我刚刚开始赢钱，你别闹啊！"他老婆火了，拎起他的耳朵硬拉着走。他老婆说："不管输赢，你都给我站起来。以前输的我不管，今后不许再赌！"杀猪佬没办法，只得乖乖跟着老婆走。

村民们都说，杀猪佬有一点挺好的，就是对他老婆从来不动手，因为知道自己理亏。他老婆数落他的时候，他就在一边笑着说："我才不计较。不然我一反手，她还不摔出老远。"如今，杀猪佬已经输了六七万元了，可还是喜欢出去赌博。

有一回，杀猪佬还对别人说，农村夫妻吵架，十家有九家是因为赌博。村里有这样的夫妻，看见丈夫赌博，妻子也在旁边押宝，这样就管不好了，可能连孩子都会带坏。幸亏他家有一个好妻子，不然他会输得更惨。话虽这样说，可就没见他改好。

村里的老人说，现在风气不好，农村没事就玩两把，杀猪佬那瘾头上来哪里还控制得住。

杀猪佬每年种两亩多西瓜，一年有几千元的收入。春天，茶叶山上也有收入，去年新茶每公斤卖一百二十元，今年每公斤可以卖到一百五十元。村里没有猪杀，空闲的时候，杀猪佬四处打零工，砍毛竹、挑土，一天也有一百多元收入。可有时钱一到杀猪佬的口袋里，他马上去赌博了。

这两年，他跟着别人从湖北、湖南、江西等地收箬叶卖。有一次，他收了好多箬叶，发到上海，赚了三万元。他说："这样的生意如果一年做个两三趟就好了，可以赚十多万元呢。这个生意比杀猪来钱快多了。"

大家都说，杀猪佬脑子好使，就是好赌这点不好，如果这个毛病能改掉，家里的小日子就可以过得不错了。

父亲的日记

“你过来看，大海的‘大’字是这样写的，一横一撇一捺，三笔，看清楚了吗？”我五岁的时候，帅气的他伏在案头指着小本子这样对我说。

“你过来看，卯兔的‘卯’字这样写对吗？笔画是这样吗？”昨日，他又伏在案头指着本子这样对我说。然后自言自语道，“现在记性真的不如从前了。”此时的他已经八十一岁，在我眼里依然帅气如初。

他是我的父亲，也是我言传身教的老师。

父亲是二十世纪六十年代参加工作的，那时大学生奇缺，愿意当教师的大学生更少。最近，我无意中看见父亲早年的日记，才知道，父亲那一辈的教师是那样忘我地投入到工作中，他们对教学的认真让人敬佩，对学生的热爱让人动容。

“国家的需要就是我的志愿，到最艰苦的地方去，到最需要的地方去。”父亲 1961 年毕业于浙江大学，毕业后积极响应党的号召，到祖国最需要的地方去——到浙江最艰苦的丽水山区一个小镇上做了一名普通的乡村英语教师。父亲有一个木箱子，里面保存着他所有从教以来的日记本，整整有四五十本。日记是从 1962 年开始记的，那一年是父亲工作的第二年。在日记里，经常可以看见他当年教学的情景和对教学的思考。

“每学期开学，我都提早到校，准备备课。晚饭后，学生虽然还没有到校报到，但我先行开始到学生家中家访，了解学生家中的情况，看新学期开学有什么需要，有没有困难的交不起学费的孩子，还要为脱课的学生补课。家长说，现在的老师真好，没开学就来家访。明天断续家访。”

“这两天每天上五节课，嗓子教哑了，特别辛苦。但看到学生们对英语的兴趣不断提高，再多的付出也值。这些农村的孩子从来没有接触过英语，只要你真心付出，学生们都是看在眼里的。”

在父亲的日记本里，这样的句子比比皆是。

父亲祖上是教师之家，从太公手上就开始办私塾。太公是秀才，为人热心，好学乐施，后来在家中办了个学堂，方圆几里的人家都把孩子送来求学，据说当时学规是非常严格的。那个年代，教书是一种吃力但颇受人尊敬的职业，太公和爷爷一心扑在教学上。太公教学审慎致密、一丝不苟，为人是出了名的踏实严谨。后来，太公因操劳过度染上了肺结核，这在当时是不治之症。爷爷衣不解带地服侍在床前，也染上了此病，在太公过世半年后也随之而去了。当时父亲只有三岁，家境一下子就败落了。爷爷留给父亲最清晰的印象是写得一手刚劲飘逸的毛笔字，而太公在父亲的记忆里只剩了一袭青灰的长衫。

父亲在贫困中度过了他的童年，严厉的奶奶丝毫未放松对父亲的教育，那块沉沉的戒尺一直放在奶奶的床头。父亲自小就养成了吃苦耐劳的秉性，上中学时要自己上山砍柴来换取学费，还要裹粽上街叫卖……这些微薄的收入勉强支撑他读完了中学。上大学时，家中无力为他添置一件衣物，在那段异地求学的日子里，父亲冬天连件毛衣都没有。

参加工作后，父亲的工资依然不高。有段时间奶奶身体不好，病势加重。叔叔写信告诉父亲。当晚，父亲在日记中是这样写的：“看了信，知道母亲的病一时不会好，而且还严重起来。现在经济这样困难，到底如何来解决才好呢？向国家伸手吧，国家的困难也很大，唯有自己省吃俭用。本来母亲病情危急应该速回，但我是在为人民服务的，作为一名教师，首先应该做好人民交给我的工作，在学期结束前一定要安心工作。1954年到1961年，我从小学到初中，再到高中、大学，这点点滴滴的进步，是党和人民对我培养教育的结果。当然，妈妈也为我付出了不少心血。忠孝不能两全，我还是要先完成教学任务。”看着这些日记，我知道这是当年父亲的真实想法，父亲那一代人总是把国家和人民的利益放在个人利益的前面，一心扑在工作上。

在日记中，他还提到一次到县城出差，晚上刚好县城里放电影《杨乃武与小白菜》。他在日记中这样写道：“听别人说这部电影极好看，但我还是决定不和朋友们一起去看。现在大家都去看电影了，我独自留在招待所里学习。因为我十分需要学习，还有两个参考资料要看，电影看不看不重要。”

那时交通不便，不少村庄没有通车，所以每逢招生和监考，一般都是走路去山里的学校。父亲在日记里记载了不少当时的情况。“今天我到黄沙腰（浙江一个山区乡镇）招生监考，早上四时起床开始走路，因天气炎热，怕中暑，所以早点上路，但仍然走了十二个小时，到达黄沙腰乡已经是下午四时多了。匆忙吃了点饭，就开始工作。”为了及时把学生的考试材料带回来，第三天凌晨他就出发往回赶路。日记里是这样写的：“为了能及时赶回学校，凌晨一点三十分我就从黄沙腰动身，经过四个小时走到岭外，天才蒙蒙亮。为了赶路，早饭、中饭都没有吃，下午二时左右到达王村口。路上是饿了，加上风大有雨，人很疲倦。但为了能及时把考试材料送达，我不顾脚痛，继续走路到了学校。看到学校大门时，天已经完全黑了。学校饭菜早已冷了。我将就吃了点，马上投入了工作。

因为连夜还要整理考试材料，明天一大早乘车去县城递交。”父亲经常说，教师就是为学生服务的，解决好学生问题，很多教育问题就都解决了。他又说，人不能怕辛苦，特别是年轻时，不能贪图安逸享受，经常使用的钥匙总是光闪闪，不断流淌的河水总是清亮亮。

小时候，父亲经常晚上出去，丢我一人在宿舍里。从父亲的日记中我知道，原来他是查夜去了。“晚上到寝室查夜，发现一个学生发烧了，此时找他的家长肯定太晚了，怎么办？我想了一下，决定背他去医院看病。虽然学校离医院有五里路，但他是我的学生，我要对他负责。后来我在医院里陪了他一夜，医生说孩子是出麻疹，幸亏送得及时，晚了就会有生命危险。”从日记中，我还知道，父亲经常拿自己微薄的工资资助贫困学生。

父亲那一代的教师把爱心认定为一个教师是否优秀的前提，他们觉得每一位称职的教师都应该是打心底里爱学生，而这些爱表现在日常生活的方方面面——小到给学生打一盆洗脸水，大到帮学生垫付整个学期的学费和书本费，甚至包下学生整个学期的伙食费。

平日里，他资助了无数的学生。学生交不起学费，他私下里悄悄帮忙交了；学生生病，他带着上医院，主动掏了医药费；学生买不起课本，他总是二话不说就帮人家买回来。

父亲总是教育我，做人要有爱心，要勤快。他说，你对别人好，别人就会加倍对你好。“能立不坐，能坐不卧。”他说，懒惰的人力气留着不会多起来，力气今天用掉了，睡一觉，明天它又自己回来了。父亲这种朴素的教育观，对我的影响还是挺大的。

逢年过节，父亲的学生会来家里看他。此时的父亲，仿佛又回到了他的教学年代，腰板笔直，说起话来声如洪钟。

我不是父亲最优秀的学生，但父亲永远是我人生中最好的老师。

超越生命的老人

当我惊悉张萍雨老人离开人世的消息后，泪水盈满了眼眶。我已经很久没有流泪了，我不知道为什么一个甚至不能算熟悉的老人的离世会让我如此的伤感。回到办公室自己的位置上，我任由泪水久久地流淌着……老人那瘦弱的背影再次浮现在我眼前，很多次看见他坐在我们的采编室里，跟我们聊他的心愿，他的捐赠，他的理想。在我的印象中，他是一个坚强乐观又异常固执的老人。

张萍雨老人一直称媒体是他的大恩人，说正是通过媒体的宣传，他的理想才得以实现。那时，他刚刚用一生的积蓄在浙江大学设立了一个“贫困助学基金”，面对众人的不理解，他总是习惯找我们倾诉，说他的动机，说他的初衷。每回他都很认真，仿佛告诉记者就等于告诉了全社会。

他不断地找媒体报道他的做法，久而久之，出现了另一种声音，有人说他这样做纯粹是为了出风头、赚名气。张萍雨老人对这种说法一笑置之，在他看来，任何闲言碎语都不能妨碍他从事有意义的活动。“贫困助学基金”设立好后，他又从每月工资里拿出一半的钱资助两名龙游县的特困生上学。

不久，他开始为自己的遗体捐赠事宜积极奔走。张萍雨老人的钱来之不易，全靠自己平时省吃俭用积攒起来，他对自己甚至家人都非常苛刻。平时，他们家很少买肉，用张萍雨的话说是青菜豆腐营养好得很哪，稍稍贵一点儿的菜他就舍不得买。老人对自家人总是既固执又“抠门”，但他为贫困学生捐款却异常大方。

有一次，他带着一个茶罐和一把雨伞到报社来，说现在开始在各个学校讲学，学生们都喜欢听他讲自己的经历，望着台下孩子们纯真的笑脸，那是他人生最充实的时候。为了不给学校添麻烦，他总是把中饭随身带在茶罐里。有一回，我看了他的茶罐，里面几乎没有菜。但他说：“我吃的好得很哪，方便，不浪费时间。”他讲遍了本地的学校后，就到杭州、上海的各大学校讲学，往往一出去就是半个来月，编辑部里就不大能看到他瘦小的身影了。

一个炎热的中午，他再次来到我们办公室，特别兴奋地告诉我，这段时间他都在杭州各大高校讲学，让学生远离网吧，昨天才回家。现在他的日程排得很紧，很多学校已与他预约。天气很热，但看得出老人精神状况不错。他笑呵呵地告诉记者，为了省钱，他在杭州专门找那些一二十元钱一晚的旅馆住，平时吃最便宜的快餐。说着说着，突然他脸红起来，露出了孩子般腼腆的笑容：“有一回讲完课，学校一定要请我吃饭，我怎么推都推不掉，只好跟他们去吃了一餐，实在是不好意思。我讲课本来就是奉献，怎么可以给学校增添多余的负担呢？”

后来我看见他，永远是这样一副行头——一个茶罐、一把雨伞，这几乎成了他全部的家当。最后一次见到张萍雨老人是在深秋的十字路口，依然是这样一副行头，他站在广袤的天空下，人显得更为瘦弱。我在对面远远地看见他，忍不住想，是什么在支撑着他如此不知疲倦地四处讲学？是什么使他日夜在外奔波不以为苦，反以为乐？我很想详细听老人说一说答案，但那天我们只是相互打了个招呼，他说他正要去二职校讲课。

我从来没想过老人会这么快离开我们，但想来并不奇怪，因为这些年来，他一直在透支自己，包括精力和体力。他是那样忘我地投入到自己的信念中去，从来不考虑自己的承受极限。他把满腔热血都献给了他所热爱的事业，那样执着、那样真诚、那样快乐……他倒在南京大学的讲台上，从此再也没有站起来。我相信，老人倒下的时候是平静而充实的。然而这种平静却让人忍不住泪流满面，在远离家乡千里之外的南京城，一个兰溪老人为了他的理想心力衰竭而死，燃尽了生命的最后一点光焰。

很多天过去了，张萍雨老人的身影总是在我面前浮现，他那有说有笑的神态，那一绺绺在秋风中抖动的白发，那瘦小的弱不禁风的身子……老人生前很孤独，但他那博大的爱心和坚定的信仰使他从来不寂寞。

我们失去了一位平凡而又了不起的老人，相信老人不朽的精神已随着他点点滴滴的讲学滋润到学子们的心里。我们可以毫不牵强地说：他虽死犹生。

难忘的实习

二十岁那年，我离开大学校园，第一次来到美丽的浦阳江畔。带着好奇和激动，开始为期一个月的实习生活。

那天，当我们风尘仆仆地赶到实习学校浦江中山中学时，天已经完全黑下来。当我在夜幕中卸下行李，静静地站在官岩山脚下时，也许就注定了要与中山中学结一段尘缘。我们来到食堂，工友正在为我们热饭菜，大大的两脸盆，一脸盆土豆，一脸盆酸菜豆腐。也许肚子确实饿了，大家都觉得这两个菜美味无比，风卷残云，一下子就把两大盆菜加一大盆饭一扫而空，接着校领导带我们去看临时住所。

转了好几个弯，我们在一幢低矮的平房前停了下来。这是一幢长期无人居住的房子，开了灯后，里面还是昏暗的，天花板上布满了蜘蛛网，屋子里放着四张上下铺，我们一行八个女生今晚就得住在这间房子里面。大伙忙碌着整理自己的铺盖，理好了正打算洗漱上床，却被告知水要到远远的操场另一边的井里去打。于是又拿着脸盆到水井旁去打水，待到上床已是半夜，但大家依然很兴奋，叽叽呱呱说个不停，直到困得两眼皮子打架了，才迷迷糊糊进入梦乡。

第二天早上铃声一响，我们全部一骨碌起了床，去井边打水洗脸。对于第一次实习的我们来说，一切都充满了新奇。学生们也陆陆续续起床了，不一会儿，广播体操的音乐就在校园里响起来。我们来到操场上，学生们已经排好队整整齐齐地开始做操了。

从这一天起，我就要当一个老师了，从原本的学生身份突然转化成老师身份，内心还是有点小忐忑。学校安排我当高一（5）班的实习班主任兼实习语文老师。

简陋而艰苦的生活条件并没有冲淡我们初来乍到的热情，初为人师的兴奋和一群可爱质朴的学生让我们忘却了抱怨和计较。我们日复一日地在发着霉气的屋子里备课、试讲，有时晚上天花板上还会掉下虫子来，要在平时，我们一定会大呼小叫，抖成一团，一晚不敢睡觉。但现在不同，我们是老师，老师就得有老师的样子，于是一批小女生都变得勇敢了，不声不响地处理掉虫子，还会开几句玩笑。

带我实习的是学校德高望重的黄竹生老师，他当时是高一（5）班的班主任兼语文老师。黄老师长得瘦瘦的，脸上整天挂着和蔼亲切的笑容，对我就像对女儿般照顾。一开始实习就能遇到这么好的老师是我的幸运。黄老师精力充沛，教学经验丰富，为人幽默。他家里有一片责任田，休息时黄老师会带我们去他家甘蔗地里拔甘蔗吃，带我们到浦阳江抓小鱼。平日他以校为家，爱生如子。对于学生，他不仅传授知识，更教他们做人的道理。

记得有一个晚上，我跟着黄老师去查寝室，在男生寝室看见一张椅子破了。黄老师二话没说回办公室取来榔头、钉子，三下五除二就把椅子修好了。我在一边看呆了，觉得黄老师真是太能干了，好像什么事情都会做。黄老师说，这些小事情，我们自己能做的，就不要劳烦学校了。

每次我讲完课，黄老师就会坐着点上一支烟，然后和我分析这堂课哪里值得肯定，哪里有待改进。那时月正好，风正清，我和我的学生都如迎春花般年轻。高一年级的新生，和我们年纪相差不了几岁，平时经常玩在一块。课堂上，我们一起读朱自清、俞平伯；课余，我们一起散步聊天，还到青菜地里拍照片。

学生平时住校，只有周末放假回家，周一回校时会带上十天半月的米，还有毛芋、番薯、土豆等食物。有时候，学生会把毛芋、番薯用饭盒蒸熟了，到中午的时候，捧着饭盒到宿舍来请我们吃。

那时，书店里没有现在这么多的教辅资料，学生的教辅资料要靠老师来收集。平时学生的练习题、单元考试、期中期末复习资料，都要老师用蜡纸刻写出来，刻写油印卷子就成了当时教师的一项比较繁重的工作。

刻蜡纸一般在晚上，静静的办公室里一个人慢慢刻写。刻蜡纸时，要把钢板放好，然后对准纹路刻写。蜡纸光洁透明，布满了统一大小的方格，刻重了，容易戳破蜡纸，刻轻了，印的时候可能印不清楚。如果不小心刻错了字，就得用铁笔圆头轻轻磨去一层蜡，然后再重刻。

那时，校园的四周都是田地，找不到一家商店。唯有集日里，才会在邻近的村子里找到一些小摊点，我们便乘机打打牙祭，一碗肉丝面或几只荞麦饼。日子真的很单调，但我们却过得开心快乐。我们用几颗水果糖为同伴过生日，用几只橘子庆祝中秋节……

物质的匮乏丝毫不影响我们精神的富足。晚饭后，我们总是师生结伴沿着浦阳江散步，星期天骑车去附近名不见经传的景点玩，一路欢声一路笑……那时我们从不谈钱、不谈享受，不攀比也不苛求，生活给我们的是那样少，我们收获的却是那样多。

如今，学生们早已各奔东西，但我们的情谊还在。在记忆中，那是人生最富足的一段日子。

生生不息

时隔十年，再访青川。

阳光在林木间穿梭，天蓝得那样纯净，山间的小路一道道爬过去，坡上山花烂漫。

曾经的伤痛在这块土地上渐渐被忘却，当我又一次进入青川时，一路上所见的是灾后土地上重生的盎然生机。

初夏的阳光下，村口的树林郁郁葱葱，一叶又一叶，渐渐织成了浓密的青荫，换来了整个世界生生不息的活力。

“来，喝碗玉米酒。”青川农村的风俗是客来以酒代茶。村民捧出了一大海碗的玉米酒送到我手上。“这酒是自己酿的，地震把以前的酒缸砸碎了。如今家里又置办了新酒缸，每年都酿一大缸酒呢，你们只管喝啊！”青川县大山深处的新沿村，村民们刚从忙碌的地里回来，满是汗水的脸上漾着笑意。

“今年我家新栽了四亩核桃树，再种些香菇和木耳，养上几头猪，加上国家的补助，收入比往年好。”

“我家有七棵樱桃树，如今全都挂果了。现在樱桃价格好，樱桃成熟的季节，每天可以卖二三百元钱。”

“我原先在广州打工，一个月挣一千八百元钱，如今在家门口就可以挣到两千多元，又可以照顾到家里。像我这样原先在外打工现在回老家的人不少，我们村就有五六十人。”

村民们七嘴八舌地说着。

玉米酒喝在嘴里，绵润香醇，相信灾区未来的生活也会被村民们用双手酿造得甜美而绵长。

走到村口，遇到了刚从小河边洗衣服回来的任忠梅。地震让任忠梅失去了父亲。地震发生时，任忠梅带着出生才三个月的儿子在家里。父亲为了救他们两个，奋不顾身地把他们护在身下，女儿和外孙得救了，自己却不幸遇难。

“我们打了四年工，才造好新房，还没来得及住进去，新房就震塌了。现在好了，国家又帮我们造了新房。还有众多好心人送来大米、面粉，大家都来帮我们。”说到这里，任忠梅脸上不觉现出浅浅的笑容。

小河边，漂亮女孩徐丹正在洗刚刚从树上摘下的樱桃。看见我，她不好意思地笑了：“阿姨，你吃樱桃。”樱桃装在一只旧的畚箕里，闪着新鲜红润的光。

徐丹有一双澄澈明亮的眼睛，一笑，露出两颗虎牙，像樱桃一样水灵。

我边拍照片边和她聊天。“地震中，我的一个朋友死了，我现在还想着他和我一起玩的情景。”徐丹说这话的时候，神情有点黯淡。徐丹带我去她家玩，我看见新房子挺漂亮，梁上还挂着过年时的熏肉。“爸妈说了，只要人好好的，一切困难都能过去，生活肯定会越来越好。”徐丹甜甜地笑着。我拍完照片往回走。没几步，徐丹追了出来：“阿姨，吃樱桃嘛。”我说，不用了，谢谢。可徐丹一直跟在后面：“阿姨，吃樱桃嘛，一定要吃。”直到我吃了她的樱桃，她才开心地往回走，还不时地回过头来笑一笑。

青川人的淳朴、热情，深深地印在我的脑海里。

疏篱外，有豌豆花，斜风细雨中，满满地开着，充满生机。

新的蓄水池已经建成，新的道路已经铺好，成片的核桃树种起来了，香菇、木耳长势喜人，灵芝、竹荪着床栽培，现代农业产业园区建设初具规模……

路过村边的小学，我听见孩子们琅琅的读书声——

“那是一张熟悉的脸
是我痛失亲人后看到的最亲切的脸
眼里闪动着泪花
话里充满着力量
那一刻
我感到我有一个强大的祖国
……
地动天不塌
大灾有大爱
那一刻
我感到我有一个强大的祖国”

孩子们充满深情的朗读汇成一股暖流，流淌在我的心底。

多好啊，我有一个强大的祖国！此时此刻，琅琅的读书声飞越校园，飞越天空，穿越云霄，化作青川生生不息的生长和繁衍！化作祖国大地上温暖的歌声和希望！

善良的心千金难买

谁没有七情六欲，谁不知道享受。可兰溪老人章恒声说：“我一生与那些生活在最底层的弱势群体结下了深厚的感情，他们多么需要社会的帮助和支持。每当想到他们，我享乐的念头就会戛然而止。我一生从未做过惊天动地的大事，只是几十年如一日、细水长流为百姓做点善事。”

在与老人的交往中，我无时无刻不被老人的精神感动着。平民的慈善，是最可贵的慈善。它让我们看到了这个社会的良心和人性的光芒。

章恒声先后为社会公益事业捐款三百余次，长达二十多年向希望工程捐款，累计捐赠钱物价值人民币十万余元。他没有退休金，这十万余元是他一生由分分厘厘聚起来的全部积蓄。为了给更多人更多的帮助，晚年的他不辞辛劳，四处奔波，常年向企业老总和社会热心人募集善款，发动社会力量共同扶贫济困。他跑了难以计数的路程，磨破了无数双鞋，经他之手募集的资金达两百多万元，为众多贫困家庭解决了实际困难。

章恒声没有退休工资，捐赠的钱是他早年下乡摆地摊卖针头线脑，晚年打工奔波、推销酱油，一分一厘挣来的，是他过着人世间最清苦的生活积攒起来的。他经常说："数十年来，我在逆境中没有掉过一滴眼泪，每当目睹那些贫困家庭生活悲苦的情景，泪水就会忍不住夺眶而出，心如刀绞，总想伸出援助之手帮助他们渡过困境。"是什么样的力量支撑着他一生行善？是什么样的信念让他在这个物欲横流的年代，以"苦行僧"的方式几十年如一日地奉献着自己的爱心？

我一直在寻找答案。

章恒声说："我一生经历坎坷，但再困难的生活都没有摧毁我行善助人的信念。一个人做一件善事并不难，难的是一辈子做善事，如果没有爱心、恒心、毅力，是很难做到的，欣慰的是，我做到了。"在章恒声看来，金钱是身外之物，生不带来，死不带去，金钱要用在有价值、有意义的事情上。

兰溪渔业大队的贫困户说起章恒声，总是感激不尽："我们晚年的幸福生活是章老给的，章老无数次的奔波，找部门、找领导，终于解决了我们的养老金问题。"

说起章恒声与渔业大队的结缘，源于一次恶劣天气。那天大雨瓢泼，一位老太太在街上不慎跌倒，全身湿透，无力爬起。正路过此地的章老看到这一幕，冒着大雨将她救起，并把她安全送回家中。这位老太太八十七岁，是渔业大队的特困户，与六十多岁的瞎眼儿子相依为命，家中一贫如洗，看到此景，章老当即从口袋里拿出一百元钱给他们。此后，逢年过节他都会给他们送去钱、米、油、盐和糕点。

通过这位老太太，章老了解到兰溪渔业大队有很多没有养老金的贫困户，他们的子女大多下岗，经济状况不好，无法照顾这些老人。章老就向兰溪领导反映这一情况，希望市政府能切实解决好这六十多个生活无着老人的生活问题。

中秋节，章老又早早惦记起这些特困家庭。他一大早就去选购月饼，然后跑到水果店买最好的水果。

“最好的苹果给我称三十斤。”水果店老板很惊讶，因为章老平时都是买半烂的苹果吃，今天不但买好的，还一口气买这么多。章老笑眯眯地告诉他：“今天买最好的苹果，是送给特困家庭的，让他们也尝尝鲜，因为他们一日三餐粗茶淡饭都有困难，哪来的钱买新鲜水果，所以我要多买一点儿给他们。”水果摊老板听了这话，既感动又敬佩。

下午，章老给特困户们送去了肉、月饼和水果等物品。晚上，章老想着这些老人也能赏月吃水果，觉得这是他一生中过得最有意义、最快乐的一个中秋节。

最让章老感动的是第二天早上，七十二岁的特困户陈洪秀给他送来了四条鲜活的鲫鱼。陈洪秀对章老说：“你昨天肩背手拎给我送来了大米、色拉油、酱油和肉，使我们一家人度过了一个终生难忘的中秋节。晚上我躺在床上，思前想后不能入睡。世上像你这样好心善良的人真是难得遇到，为了报答你的恩情，我和老伴今天一大早去江中打了几条鲫鱼，送给你老人家尝尝鲜。东西虽少，这是我们贫苦人家的一点心意。”

望着活蹦乱跳的鲫鱼，章恒声心情久久不能平静。他由衷地说：“为百姓做点善事是我的心愿，我一生从不收受任何人的东西。”鱼退回去了，但渔家老人的朴实更坚定了章恒声行善的信念。

章恒声对别人大方，对自己却小气得近乎苛刻，平时过着低保户都不如的清贫生活，鸡蛋都舍不得吃一个。有一次，章老在水果摊上看到一串串漂亮的提子，因为从来没尝过，于是就称了一串。老板说二十元，章恒声听到这报价吓了一跳。他的心理价位是三四元，实在舍不得花这钱，他只好对老板说不要了。老板一听生气了，说，看你的样子就是穷鬼，没钱就不要来买。章恒声说：“我不是买不起，只是自己舍不得吃。每年我要买几百公斤蛋糕，几百公斤水果，我都送出去，我自己吃穿差一点儿，生活苦一点儿都没事。”五十年来，章恒声没有买过一件衬衫，他身上穿的都是孩子不穿了给他的衣服。年夜饭从来不上店里，一日三餐都吃蔬菜。

章恒声说，他的幸福就是给别人以帮助。他没有积蓄，没有车，祖孙三代挤在一个七十平方米的小房子里，家中唯一值钱的东西就是一台十多年前的旧电视机。看到一个个孩子重返校园，看到一幢幢危房重新改造好，他精神上的快乐胜过任何物质上的享受。

有一年过年，市政协考虑到章恒声家中经济困难，本想补贴点钱给他，但怕他又把钱捐了，所以特意办了张两千元的购物卡给章老，但章老还是一分没用到自己身上，全部买成米、油等物品送给了困难户。在他看来，别人永远比自己更需要帮助。“给予是一种快乐”——他信守的人生格言正默默地感化着身边的每一个人。

有一次，章恒声走在路上，一个皮肤黝黑的农民拉住了他，急切地说：“章老，章老，我要捐款。”只见他从口袋里拿出一张叠得方方正正的百元大钞，请章老帮他带给有需要的人。这个名叫吴永芳的农民是卖掉稻谷来捐款的。他说，因为不知章老住哪里，这张百元大钞放在口袋里已经有一个多月了。今天总算碰到章老，完成了一桩心愿。“这百元钱，分量很重！”章恒声说，“此后每当有活动，他都会来捐款，真是太不容易了。”

走进章恒声家，一眼就能看到客厅墙上的“知足”二字，“知足”是章恒声的口头禅，也是他经历几十年风雨悟出的最宝贵的精神财富。他说：“人生别无他求，唯愿有人在百年之后说我章恒声有一颗善良的心。”

第六辑　沿途，此岸彼岸

生命最初的气息

时常会想起天山山脉的那座白石峰。

那是一座神奇的山峰，全部岩石都是白色的，白石峰因此得名。更让我震撼的是，那满山的白石全是贝壳的精灵！随意拣起一块石头，你就能看见上面清晰的贝壳纹路，原来这些白石头都是神奇的贝壳化石，它们证明，几万年前，这里是一片浩瀚无际的海洋，是人类生命的摇篮。刚看见眼前这些化石的时候，我无法相信这是事实。那种沧海桑田的巨变，那种天翻地覆的运动，是真的发生过？那远古的阵痛，在我们今天看来，只是眨眼间的事儿。化石却记录下了这一切，包括耸起的雄伟和沉没的苍凉。

山风很大，猎猎地吹过来，我抱着一大堆化石静静地坐在草丛中，细细地玩味。每一块化石上的贝纹都不一样。有的粗犷，有的精美；有的清晰，有的模糊；有的完整，有的残缺……这儿曾是一个极为美丽的贝壳世界吧？是哪一次的地壳运动，让浩渺的大海变成了我眼前的这座山峰？据说三万多年前，这儿原是一片汪洋大海啊。随着天山地壳的上升，原来的海化成山，白石峰形成了它的雏形。一直觉得这种变化是不可思议的，但眼前的贝壳化石准确无误地告诉我：这一切真的发生过，不是在梦里，不是在科幻片里，而是在几万年前的时空里。只是那个时空太遥远，我穿越不过去。

此刻阳光很好，晴明得让人不相信何处还有更好的世界。据说在侏罗纪时期，这儿温暖潮湿，雨水充沛，植物特别繁茂。一时间，我深深地沉默了：谁会想到我脚下踩的这片土地，原本是海藻和珊瑚的领地，是贝壳和鱼类的家园呢？我抚摸着贝壳的纹路，内心充满了感激：几万年后的今天，我能来到这山峦，一定是命运刻意的安排。

许多贝壳都是残缺的，一定是受过伤。它是因为什么受的伤？因为仇恨？因为自私？还是因为爱和关怀？人的一生，也是一个不断受伤的过程，没有一个人能完完整整，不受一点儿碰撞。只是记住了，你必须坦然面对这一切，因为百年之后，你甚至无法像贝壳一样，让人知道你曾经有过的伤痕。受伤、愈合，再受伤、再愈合，在无限的背景中体悟有限，你就不会在意那撕心裂肺的疼痛。这只是一个过程，一个成长的过程，一个寻找归宿的过程。

有的贝壳是螺旋形的，一圈一圈向上盘旋，仿佛在说生命就在于不断地循环往复。千年繁华原只是这山中的一片落叶，抬头低眉之间，诗酒年华就随风而逝。在短促的一生中，你还需要如此患得患失、如此大悲大喜吗？要知道，所有的惊涛骇浪、成败得失，转眼都会成云烟；所有的酸甜苦辣、荣辱得失，都会失去意义。

只有时间在默默地丈量着生命的历程，远古在与你对话，山石在向你叙述……这样的阳光下，这样的树林中，你会更加孤独。有多少人能参透，人生的终极价值在哪里。来路茫茫，去处恍惚，所知的只是生命来自尘土，又终将与尘土、空气混为一体。

我不语，任由泪水安静地回到心底那个隐秘的地方。

看着这些化石，感觉已经走到了陆地的尽头，所谓天涯就是指这样的地方吧。总觉得这儿应该是尘世与仙界的交汇点，这山间的花开得那么恣意坦然，这山中的鸟儿叫得那么自在欢快……有那么一刻，我站在了时间和空间之外，与贝壳对话：想当初，你的人生也曾被浓墨重彩地渲染过吧？如今，哪一道痕迹才是往日最深的颠簸和委屈？你的年代太久远了，哥伦布揭开地球大发现的序幕时，你早已经成形，那时变幻莫测的海底有什么，人类无法知晓，但你知道。

鱼腹中沉睡着我的祖先，那时大海正不停地拍打着山的峭壁。

漫漫人生，蹒跚岁月，到了这儿，都只剩下风轻云淡的飘逝。如今天上成群的大雁飞过，它们的叫声是否惊醒过你？

不停地往山上爬，一块碎石突然硌痛了我的脚，这块硌痛我的石头是不是还带着生命最初的气息？我心中不由生出了敬畏，敬畏地球上曾经有过的所有生命。在这儿，山是空的，人是空的，岁月是空的。

贝壳不言，但它一定记得第一颗植物的种子是怎样落在身上的；山风不言，但它一定记得第一片叶子是何时萌芽的。生命中很多声音是听不见的，但在这儿，在史前光阴的沉重里，我可以听见许多无法用语言表达的声音。

这儿的风彻夜吹送着……那时还没有《诗经》《离骚》《论语》，那时还没有美人鱼和精卫鸟的传说，那时还没有《汉宫秋月》的丝竹，没有爱和等待，却有了大海永不消散的灵魂。贝壳是海的精灵，千万种纹路都透着神秘的微笑，只是在万年之后，又有谁能破译？

在这儿，我回到了最初的位置，保持着最平实的姿态：温柔、平和而静谧。

也许是太偏远了，这儿没有任何人类争斗的痕迹。没有城墙，没有烽火台，没有盔甲狼烟，没有任何血腥的气息……这是一片纯净的土地。当地球上的净土越来越少的时候，化成石的贝壳，如果它还有记忆的话，一定会有切肤的疼痛。

我打山野走过，穿越千年的寂寞。我总在想，月朗星稀的夜晚，如果我的心不在这里，又会在哪里呢？每当我疲惫的时候，我就想在梦中回到这片圣地，让整个漫长的夜晚像泉水一样清澈透明，把一切的一切都展露在山巅的月光下——没有人知道你的心境是灿烂还是忧伤，只有无边的幽静紧跟着你。我甚至想，假如有一天我归于虚无，我希望我的灵魂能居住在这山海之间。

大地之上，天空之下，我们为谁而来？多年以后，哪一场在这儿停留的雨会冲走我的脚印？千年之后，且容我做其中一只小小的贝壳吧。

世界不老，我不老。

江入大荒流

那一日，当船经过长江三峡时，我不由心摇神荡、激情澎湃。“逝者如斯，不舍昼夜”，这滚滚江水承载过多少文人灵魂的声音啊！

三峡，这是一片充满了原始活力和勃勃野性的神奇土地，多少神话传说、巫术观念在这里滋生、吐纳。那浓郁的文化色彩随着洁白的浪花不息地翻滚着，文人无羁的意绪和浪漫的想象让江水永远保留着多情的魂魄。屈原、宋玉、李白、司马相如……一代代文人以自己的亲身经历和感触书写着长江的雄浑苍莽。

“山随平野尽，江入大荒流”，游程漫漫，在客轮上看着日出又日落，终日面对着江水，却毫无厌倦之感。因为移步换景，长江上的每一个景点都与中国的历史文化有着无法分隔的渊源。卢挚的《六州歌头·题〈万里江山图〉》，有“闻巴唱、观楚舞，邀宋玉、访巫娥”之句，这一路下来，只要愿意，你也可以做到。

长江历来是南北分界线，是壁垒分明的楚汉分界。多少惨烈严酷、腥风血雨的鏖战都发生在大江之上。苏东坡的《前赤壁赋》《后赤壁赋》

已成绝响，然而云阳张飞庙里传出的《三国演义》的主题歌却整日在大江上飘荡着。我们到达张飞庙是晚上八时多，遥远的江边有一座灯火通明的城楼，“滚滚长江东逝水，浪沙淘尽英雄。是非成败转头空，古今多少事，都付笑谈中”……歌声雄浑激越，穿过夜空直扑江面。走过上百个台阶，就看见“江上清风”四个闪烁的大字。据说这儿就是张飞埋首之处，进入张飞庙，迎面是怒目圆睁的张飞塑像，在夜风中更添了几分神秘和悲凉。以张飞的性格，战死沙场也就罢了，却死得如此不明不白，实在让人扼腕叹息：人生多蹇，世事难测。

原本的行程里是有奉节白帝城的，但由于客轮误点，到达白帝城已是半夜，因而无法上岸。一位从万州上船家住白帝城的高中生对我说，白帝城很普通，不少游客去了都大失所望，不去也罢。然而她不知道，这一路上我不知念叨了多少次白帝城，“朝辞白帝彩云间，千里江陵一日还。两岸猿声啼不住，轻舟已过万重山。”这是一座从儿时就已烙在我心目中的山城啊，除了李白，还有白居易、陆游等诗人都曾在这儿挥洒笔墨，留下了许多不朽名作。如今船过城侧却不能一睹风貌，不能不说是一种遗憾。

亘古静穆的夜空，有明亮的星星，从古到今，有多少文人在长江之上仰首向天，把心中郁郁不能疏解的隐痛和往事不堪回首的无奈，叩之苍茫。任何一个文人都想给自己的心灵来一次彻底的舒放，但没有一个能真正做到，因为人的情感太复杂了。在这江水如奔如电的气势中，涌上心头的思绪会更复杂、更细微。人就是这样矛盾，越清醒越痛苦，那些圆熟的诗句显现出来的都是难寻难觅的真实心境。

在摇摇晃晃的船上，一夜迷迷糊糊睡得极不真切，天亮时已进入群峰峥嵘的夔门峡。公元 767 年的秋天，诗圣杜甫来到这长江之滨的夔州，登高所见，秋色满目，心中百感交集，于是有了千古绝唱：“无边落木萧萧下，不尽长江滚滚来。万里悲秋常作客，百年多病独登台。”此诗倾诉了诗人长年漂泊、老病孤愁的复杂感情，慷慨激越，动人心弦。全诗写登高所览之景，声调铿锵，气韵流转，对仗工整。在阔大雄健的气象之中，渗透着一股勃郁之气。明代著名学者胡应麟曾在《诗薮·内编》中赞其是一首“拔山扛鼎”式的悲歌，给它以“古今七言律第一”的高度评价。

这就是长江啊，无数文人借千古江山为酒杯，浇一己胸中之块垒。江水滔滔，你侧耳倾听，多少灵魂的独白会让你震惊，多少痛苦的追求会让你沉思。

由于江水的上涨，夔门峡的古栈道如今能看见的已经很少，偶尔有一段露出水面，那又陡又窄的栈道依然能让人想象出行道的艰险，光着膀子的纤夫早已不见踪影。傍晚时分，看见高高在上的神女峰，整船的人都出来拍照。其实，巫山的神女峰并不美，但文人的诸多想象和沉沉的咏叹使得她风姿绰约。“神女应无恙，当惊世界殊”，用这句话来形容如今的长江是再确切不过的了。

千古兴亡，百年悲欢，人生苦短，无由排遣，无数时喜时悲的思绪都随着江水滔滔而逝。李白当年飞渡天门，“两岸青山相对出”，一派明媚，但收尾却是“孤帆一片日边来”，无限寂寞。文人最终很少成为政治家。他们脆弱的神经过于敏感；他们饱读经书，骨子里沉淀有太多的温情和文人习性；他们的灵魂被现实挤压得疲惫不堪，只好做各种出世之想，发出“小舟从此逝，江海寄余生”的感慨。

长江在此刻变得多情而温婉，漫漫的江水总能容得下一个真诚地去寻求精神家园的灵魂。

船过三峡，心灵被江水一涤，就洗尽了三千烦恼丝，只留下彻底的真实。这也许就是文人钟情于长江的缘由吧。

世间尚有乐园

去了一趟意大利，朋友问我意大利哪些地方好玩，我说罗马、威尼斯，然后说科莫湖。说罗马、威尼斯大家都知道，但科莫湖大多数人就接不上话了。事实上，米兰北部的旅游胜地科莫湖是一块难得的人间美玉。

科莫湖是阿尔卑斯山脉的冰川湖，意大利和瑞士两国的天然分界线。乔治·卢卡斯导演的《星球大战II：克隆人的进攻》就是在科莫湖拍摄的，不少观众看了电影后认为“美得简直不像真的，完全像是天生属于星球大战电影的一部分”。这一人间仙境，竟然被不少观众误以为是电脑制作出来的场景。事实上，科莫湖就是这么美，四面环山，冬天北部是一片皑皑雪峰，湖因山而美，山因湖而秀。

科莫湖是意大利第三大湖，被几座山包围并分割，是一个狭长形湖泊，以优越的气候条件和繁茂的植被闻名于世，是世界著名的休闲度假胜地。

小镇古朴，湖水清亮。曾有人说，在这里拥有一间看得见风景的房间真是人生一大幸事，因为每个房间的窗口几乎就是比例完美的画框，清澈的湖水波光会自动送到你眼前。

除了美丽的自然风光，科莫地区与意大利别的地方一样，具有深厚的人文底蕴。湖边坐落着古老的教堂，市内有科学家伏特的墓，这位电池的发明人就诞生在科莫，伏特仍是现在电压单位。科莫还是欧洲最大的丝绸中心，如今大多的丝绸来自中国，在这里被设计加工成高档服饰，然后销往世界各地。

由于此次旅行功课做得不是十分充足，我们错过了一趟列车。因为前往科莫的火车上显示的终点站是某个不知名的飞机场，导致我们不敢随便上车。几经周折，我们在中午十二时左右抵达了目的地。当然，我们并没有马上开始游玩，而是先按照攻略，找到了一家好评数爆棚的餐厅。这家餐厅的门面十分不起眼，在一条幽深的小巷尽头，后院却是别有洞天——四周都是中世纪遗留下来的围墙，上面藤蔓密布，头顶是被围墙框住了的天空，很独特。餐厅的饭菜与网上的点评一样，值得品尝。

科莫湖上天气多变，因此，在湖上启航被认为是一个十分了不起的举动。当然，启航的时机掌握是非常偶然的，突然之间的大风可能把平静的水面吹得波浪起伏，甚至突降暴雨。可能当你借助一阵好风启航后，在航行到湖中时却突然变得风平浪静，甚至要在安静的湖中停留几个小时。因为易变的风，科莫湖成为航行的一个极好的训练场地。

饭后，我们找到了一个所谓的“007”式快艇租用地，令人大跌眼镜的是，这些所谓的快艇其实只是四人用的脚踏船。失望归失望，为了启航，我们还是两个人租了一艘小船，但随后便发现这是个错误的决定。因为我们的船动力实在太小了，只要一有大船从我们身边经过，我们的船便不听使唤，随波逐流，所以我们的“快艇”前进得十分费力。更让人哭笑不得的是，我们的船由于不听使唤，径直撞上了湖中的一座喷泉，然后搁浅了。于是，我们索性停止前进，慢慢地欣赏起湖景来。

白云，青山，碧绿的湖水，以及白帆溅起的透明浪花，构成了一幅匀称的油画。科莫湖深达四百多米，湖面面积近一百五十平方公里。岸边的许多地方都是峭壁，阿尔卑斯山在湖的北端像是一堵墙。湖滨多栽培葡萄、无花果、石榴，湖中有鲑鱼、鳟鱼、鳗鱼等鱼类，但这些鱼都在深水处，我们肉眼无法直接看到。我们一边欣赏美景，一边等待救援人员到来，等救援人员将我们的船只救出来的时候，我们已经全身湿透。

即使在初夏灼热的阳光下，科莫湖水也是冰冷刺骨的，这大概因为它来自阿尔卑斯山终年不化的积雪，又是欧洲最深的湖泊之一。幸好正午的太阳猛烈，足够晒干衣服，我们这才得以从感冒的边缘逃回来。

沿湖岸往山坡上走去，一条条石板小路向上次第延伸，小路两旁则有各种特色小店，售卖当地的传统手工艺品、五颜六色的丝绸制品、各色皮具和流光溢彩的玻璃器皿。那些石砌房子，有小旅馆，阳台上倚着靠着懒散的度假者，手执一杯葡萄酒或一册杂志，旁若无人；露天的咖啡座和餐馆，飘出浓郁的咖啡或奶酪的香味；家家户户门口石阶上花团锦簇。每天午后到黄昏，总有游客从不同的地方来这儿，只为了在小镇上消磨一个温馨的下午。

我们走在上山的路上，但好天气没有持续多久。科莫湖四面环山，天气变化多端。不一会儿，就下起了雨。然而只要是美的地方，下雨自有下雨的味道。岸上各种彩色的房子，被雨水冲刷之后显得特别亮丽，像一块块鲜艳的小积木，堆叠在湖边或是半山腰。水边的天鹅、白鸽点缀其间，恍若仙境。

科莫湖真的是美哭了。假如世上尚有乐园，它肯定算一个。

独自一人出远门

黑夜悄然而至，我近乎虚脱地坐在南天门前，回望自己刚刚走过的六千多级台阶，一种战胜自我的自豪感油然而生。年休了，想出去走走。大方向是往北，本想去哈尔滨看冰雕，临行又决定去泰山看雪，于是跳上火车就出发。

第一次一个人独自出远门。长这么大，一直被别人呵护着，突然心血来潮想自己冒个险，这种感觉既兴奋又紧张。

北方我去过很多次，但从来没有在天寒地冻的季节去，所以一直在南方的冬日里好奇着北方的冬日。我说，我只是想去感受一下北方的冬日会冷到什么程度，感受一下北方供暖的小屋里会暖到什么程度。这小小的好奇心让火车上的人们大跌眼镜，但一位白发苍苍的老教授说，好啊，这证明你童心未泯。

可以想象一个童心未泯的人看到雪会是怎样的开心。

我从红门开始登泰山。这是个阴天，台阶上的雪已经被扫到了两边，为登山的游人留出一条安全的大道。山坡上的积雪却白皑皑地晃眼，一下子让人走进了一个冰雪世界。小心翼翼地爬到雪地上，抓一把雪来捏雪球，却发现那雪硬邦邦的，早已结了冰。

从万仙楼到罗汉崖，再到壶天阁，一路上吃吃玩玩，走得很慢，并不觉得累。因为是淡季，路上也遇不着几个人，所以还亲手在小店里为自己烙了一张山东大饼，因为没有生意，老板娘也格外热情，手把手地教我烙饼。大饼的原料是小米和玉米粉，裹上辣酱和大葱，吃起来很香。原来以为这是自己绝对接受不了的口味，现在却突然觉得自己可以像一个地道的山东人一样啃大葱了。这就是入乡随俗。

整整五个小时，下午两点十六分，我终于走到了中天门。一双脚已经很累了，坐索道缆车上南天门还是继续爬上去，挣扎了好一会儿。但他们告诉我，不爬十八盘，等于白来泰山，于是下决心再往上爬。

拖着越来越重的脚，我走到了步云桥。山越来越陡，好在路两边有许多各朝各代的摩崖石刻，有的被积雪覆盖着，有的露在积雪外面，让旅途不显寂寞。雪地上有许多不知名的大鸟，羽色艳丽，飞来飞去，相互玩耍着、鸣叫着。越往上，积雪越厚，风也冷起来，停下来歇脚的次数越来越多。但一停下来，身上的汗就会被风吹干，冰冰的刺骨。好不容易到了十八盘脚下，望着高高的南天门，“呵哧、呵哧”，我气喘得比拉风箱还急，每上一个台阶都要咬咬牙，心中有点后悔没有坐缆车。但超过我往上爬的人会对我说：“坚持就是胜利，加油，挑战自我，战胜自我。”其实，他们在对我说，也是在对自己说。

三五个来自大连的大学生经过我身边时，其中一个接过我的背包，说：“我来帮你背，你跟着我们走。”当我筋疲力尽地爬完十八盘，回头望望，竟有些不相信自己居然真的爬上来了。困境中感觉挺不住了的时候，一定要扪心自问：我坚持到底了吗？也许就差这么一点点，放弃和坚持就是两重天。

黑幽幽的城门如同坚实的壁垒，但“南天门”几个大字清晰可辨。

大学生们已经在南天门上欢呼起来，他们把围巾、帽子往天上扔，大叫着：“乌拉，我战胜泰山了！”我笑着，多好啊，他们的芳华！

站在天街往下眺望，连绵起伏的雪山全在脚下，山腰有灯的地方是中天门，再往下成片的灯火就是泰安市了。那灯光就像满天的繁星落在了雪海深处，真的是太美了！猛一抬头，橘红的月亮正挂在雪原的上空，月亮的外圈有着毛茸茸的润边，很柔软的感觉，也许是哪个孩子把他的毛绒玩具忘在了天边？

如果不爬上来，我怎么知道有这么美的景致在等着我？山上没有暖气，我要找一个有空调的房间。大学生们要住 10 元或 20 元一个晚上的通铺，于是我跟他们挥手告别。

因为是淡季，泰山上的旅馆很便宜。出门在外安全是第一位的，我找到岱顶派出所附近的旅馆住下。旅馆名叫“如意”，很吉祥的一个名字，从旅馆的窗口可以看见派出所值班室明亮的灯光。旅馆的主人说，这儿住了不少人，都出去逛了，明早他会来叫我，带大家一起去看日出。检查了防盗门窗，我还是有点不放心，就走到派出所里和民警套近乎，一聊才知道，原来岱顶派出所是全国有名的治安优胜单位。他们说，你放心吧，这儿很安全。

吃完晚饭，重新走到天街上，街上空旷寒冷，寂无一人。那山风吹得脸颊发疼，雪中的月亮，特别冷清，它在世界的另一端亮着，安然而恬静。这一刻真是静啊，静得只听见自己的呼吸如涨落的潮汐。闭上眼，感觉有点另类，有点野，甚至有点遗世的味道。

踩着“咯吱”作响的积雪往月观峰走，雪地里身影长长的，一个人，很享受。这一刹那，飘浮在天地之间的我如获至宝，我是不是发现了一处被时光遗忘的新大陆？我是不是成了武陵源中的村民？到底是世界遗忘了我，还是我遗忘了世界？偌大的雪山没有给我答案，心灵却在凡尘的上空快乐地飞翔。空无一人的台阶一直延到天边，一切都空了，生命却愈发显得满盈，时间在这一刻沉淀下来，化作一份清澈而美丽的情怀。因为人世间最吸引人的美，莫过于活得自在的生命焕发出的那种对生活的热爱和自得啊！

回到旅馆，空调已经开得足足的，由于山上所有的水管都冻住了，用的水是从山间挑回的清泉。盖上两床被，再盖上羽绒服，暖暖的。朋友发来短信问："睡了没？离星星近了些吧？"我回他："我正睡在云朵里，不仅离星星近，离月亮也很近。"确实啊，山腰上的云层厚着呢，且容我裹着云朵做个好梦。

第二天我才知道，当晚八十个床位的旅馆就住着我一人。店主当时没和我说实话，一是怕我知道害怕，二是怕我会住到别处。

哈哈，他不知道，我要找的正是这种超脱尘世、特立独行的感觉啊！

把光阴浓缩成蓓蕾

没去阳朔之前，就有朋友对我说，到了阳朔一定要去西街，不然就白去了。

阳朔的西街号称洋人街，已有一千四百多年的历史。这里有众多显现着国际情调的人文景观，酒吧、饭店、网吧、工艺品书画店等装修风格大多中西合璧，几乎每家都有外文招牌。西街狭窄而细长，没有一家现代建筑。素净的青石板街道，两边的房子都是青砖砌墙，高高的台阶通上去是隐藏在街市中的旅馆。我时常看见老外骑着自行车从这头穿到那头。在西街的各个角落，总有三五成群不同肤色的老外临街围坐在一起喝啤酒、品咖啡、嬉戏聊天，这给西街染上了一笔浓厚的异域色彩。

逗留在阳朔的老外很多，他们租住在这儿，白天骑自行车四处游玩、闲逛，晚上在西街喝酒、泡吧。钱花完了，就在阳朔打工，做英语家教、到酒吧唱歌，活得自在又洒脱，这都是一群不折不扣“生活者”。

刚刚入夜的西街很热闹，来自世界各地的旅行者在这儿相遇。在一家小店里，我看中一串挂珠，正想询问价格，这时走来两个老外，五十多岁的女店主立即一边说着流利的英语一边迎了上去，然后回头对我说：“等我做完这笔生意再说啊。”这位看上去完全是农村大妈模样的店主，英语能说得这么好，真是大大出乎我的意料。她与老外讨价还价，非常娴熟。一支小小的湖笔要价二十美元，居然还让她做成功了。难怪看到老外她要把国内游客晾在一边了。难怪有人说这里的店主、酒吧的服务生、普通居民以至街上卖水果的老太太，都能讲几句流利的英语，看来确有其事了。那安静的咖啡吧里，有独自认真看书的老外，我们走进去时，她抬头对我们笑笑，算是打招呼了。街上有相互追逐、打闹的年轻人，一阵风似的来去，远远地就让人感受到那股逼人的英气和活力。

这是一个冬季的夜晚，却有着一种春天般的湿润和暖意。趁着这夜还年轻，我们把自己藏进沿街的一个酒吧，边听音乐边看着外面热闹的街市。

酒吧叫“没有”，很奇怪的一个名字。外墙上有着许多稀奇古怪的符号和图案，颇具异域风情。酒吧分上下两层，狭小的空间被人们的叫喊和疯狂无限制地扩张着。摇曳的灯光将墙上的金色饰品映衬得更加神秘，迷幻的空气被强劲的电子音乐搅混着。鼓手和歌手都是流浪的音乐系的大学生，他们来这儿纯粹是为了体验和修炼，这儿的酒吧为他们提供了很多锻炼机会。

整个夜晚，歌手们在弹唱着一首又一首的歌曲，从《爱你一万年》《不要再来伤害我》到《白首不相离》……酒吧的绚烂总带着一种悄无声息的忧伤，它丝丝缕缕、漫不经心地穿透你，让你恍惚，让你迷失。坐在酒吧里的我们就像是浮在水面的叶子，任凭音乐如豆大的雨点一下一下地击打在心上。突然觉得，偶尔在异乡的酒吧中怀旧也是一种享受。

我们旁边的位置是几个老外和外语学院的学生在练习口语，其中一个学生怎么都不好意思开口，旁边一个学长模样的人就不断地敦促、鼓励他开口。

前面位置是一对热恋中的男女，那男孩总是无比迷恋地望着对面的女孩，脸上洋溢着幸福的微笑。整个夜晚，他一次次地上台为女孩唱歌，洋洋得意。感染着他们的快乐，生活仿佛一下子不那么乏味了，那种种流转的秋波在酒吧里形成了一个个动人的涟漪。还有一群来酒吧进行生日聚会的朋友，他们也放下了白日的种种矜持，彼此祝福着，疯狂地找乐子。

在异乡的酒吧，相见就是缘分。我们坐在窗口，在喧闹的音乐中看着外面过往的各色行人，不时有男孩、女孩在窗外轻轻地敲击着窗玻璃，和里面的朋友打招呼。夜深了，当我们从酒吧里出来，看见远处还有几个女孩在勾肩搭背地逛街，她们一定是舍不得这么美好的夜晚，不愿意早早地回去休息吧。

整个夜晚，阳朔的西街都是这样热闹和繁芜，连满天的星星都不眨一下眼睛。这样的夜晚，什么都可以做，什么都可以不做。

岭南是落后的，但这条小街如此前卫，不能不让我感到诧异。不知为什么，到了西街，我就想套用一句话："早知道，当初，我就该把光阴浓缩成蓓蕾……然后到西街一一绽放，可以逍遥自得让神仙羡慕。"

梦里不知身是客

去西塘的路上，淅淅沥沥地下起小雨来，古镇愈发有了梦里水乡的江南味道。

西塘是一座已有千年历史文化的古镇。早在春秋战国时期，西塘就是吴越两国的相交之地，故有“吴根越角”之称。相传，伍子胥曾在西塘修筑水利，故西塘亦称胥塘。“春秋的水，唐宋的镇，明清的建筑，现代的人”，是对西塘最恰当不过的形容。西塘与其他水乡古镇最大的不同在于古镇中临河的街道都有廊棚，总长近千米，就像颐和园的长廊一样。长廊边侧几乎每家每户都经营家庭旅馆和饭庄，“雨天不湿鞋，照样走人家”。在临水而筑的房子里坐着，推开窗，便是散漫、宁静的河沿。

到西塘，自然要行船。那水绿光灵动，招引着我们沿着迂回曲折的长河追寻它的步履。随着光与影的交变，水色上浅下深，好像绿色沉淀下来了。悠游其间，伸手可掬缕缕流转之绿，旋身可吻点点馨香之绿。坐在漂浮的小船里，觉得有风渐渐浸润我的肌肤毛孔，我的眉眼唇齿便有了香味。

似有若无的潺潺流水，滑过小船的摇桨，惊扰了鱼的幽梦。我们一行人在小船里边聊边看，两岸商铺和人家的倒影在水中成了不断变幻的水乡风情画卷。

不时有小雨飘过耳畔，宋词里那种深秋苦雨的落寞、归期无期的无奈、相见共语的期盼，此时仿佛都有了依托。

其实，人的情感是很容易与自然相依相融、休戚与共的。暮色沉沉，越发显出西塘的风韵。沿河的灯笼亮了，在雨丝中，橘黄色的灯光投影在缓缓流动的河水中，说不出的暧昧在空中弥漫着。

石板有点潮了，泛着亮亮的水光。古镇上的女孩一个个走到街上来，听她们细声细语地聊天，烟雨氤氲中的西塘变得越发生动了。在轻摇的桨声中，在明灭的灯影里，不动声色的明清建筑让人心神荡漾。

雨中的西塘特别适合住上一晚，订好酒店后，我拿了雨伞，踏过古桥，出门看行人。不知道谁是谁的风景。在这里，仿佛时光停留了下来，每个人都在做着自己应该做的事。一切，仿佛都与童话有关：莫名其妙的怀旧，莫名其妙的伤感，然后是莫名其妙的微笑……若有若无，不经意间，你抿嘴的微笑就娇羞成了一朵绯红的小花。

在西塘的温柔里，把风声种下，明年再来，看我能收获多少烟雨轻云。

只是，梦里不知身是客，一晌贪欢！

春色撩人

经不住春天的诱惑，双休日随一批摄影发烧友去了婺源、大理坑、查平坦、瑶里、西递、宏村。跑了江西、安徽两个省。一路上全是油菜花，晃得我现在眼前还黄灿灿的。

开了四辆车，车内葫芦丝婉转。没有明确的目的地，只有一路的风景和诗情画意。

行走在一个个花的村庄，在一群“长枪短炮”之间，拿着一只小小傻瓜机的我连“菜鸟”都算不上，起码别的“菜鸟”行头还是齐备的。一路的美景让我大饱眼福，还有漫山遍野的新绿，温柔醉人。

天下着小雨，大家的兴致却一点儿不见减。遇到小桥、河流、古色古香的村子，甚至一条弯曲的羊肠小道，一个披蓑戴笠行走的老农……都要停下车来狂拍一阵。在镜头面前，也许语言就显得苍白。褪去光华，摄入镜头的是厚重的历史、古朴的民风和人世的沧桑。

一路行行摄摄，从婺源转入清华镇。天色暗下来，领队说，这儿离查平坦近，去那儿住宿，明早可以拍最美的晨雾。

盘山路绕来绕去，崎岖难行，一边是悬崖，一边是高山。路仅容一车过，颠簸了四十多分钟，转过一个山坡，突然在山林深处发现隐藏着的一个小小的村落。这就是婺源沱川乡的查平坦村——一个原始而宁静的小乡村。

我们下榻在村口一户农家，他把自家小小的楼房改成了几间客房。农家的主人是一位姓潘的乡村教师。他把自己制作的有关查平坦的光碟播放给我们看，一边放一边说，那光碟中的配音文字是他写的，还说现在网上唯一的一篇介绍查平坦的文章——《寻韵婺源查平坦》也是他写的。说着，他充满深情地朗诵给我听："假如您要去中国最美的乡村婺源旅游，想去找寻一份田园诗意，一种山水意境，欣赏一篇山泉乐章，听一曲小鸟之歌，体验一点儿生活的陌生感，就应该去婺源的古村落——查平坦村……"虽然他的普通话说得并不好，但神情绝对认真。

朗诵完文章，潘老师开始准备晚饭。他从自家屋后的小山塘里捉了几尾红鲤鱼，炖上土鸡，又上山拔菜。他说，我知道你们城里人时兴吃这个。

看看开饭还早，我背着旅行包满村瞎逛。一户户人家走去，他们有的在切猪草，有的在烧晚饭，有的在玩牌聊天……孩子们跑进跑出地闹，正堂中的火炉生得旺旺的。这些村民对旅行者的到来并不感到惊诧，还津津乐道地讲述他们村的历史。据说查平坦村是金庸的祖籍地，金庸的原名叫查良镛，祖上就是他们村的人。查平坦全村一百多户农家，村子建于明代初年。农舍之间和村周围错落有致地栽种着许多桃树、梨树和李树，春天，各色花儿竞相怒放，配以梯田中的油菜花，加上黛瓦白墙，袅袅炊烟，是一幅极美的画卷。近年来，这里吸引了不少全国各地的摄影爱好者前来创作。

主人给自己的小屋取了一个诗意的名字，叫"山中驿站"。晚饭后，得知我是记者，他就一直拉着我不放，一个劲儿给我介绍他们村的旅游资源和历史，怕我无聊，就一边介绍一边给我烤红薯吃。当红薯满屋飘香的时候，他已经把该村查、潘、胡三个姓的渊源讲得一清二楚了。接着他又拿出一个留言本，上面签着来过他家的各地旅行者的姓名。他说去年一年因为旅游，他家多了万把元收入。

今年开春后，村里已经来了两三千人，他家住不下，他就介绍他们去别的村民家。“我们村真的很漂亮，明早六点我带你们上山拍云雾，到时你就知道有多美了。”

乡村的夜晚特别宁静。朋友中一人葫芦丝吹得特别好，于是一首首地吹，《有一个美丽的地方》《春到傣乡》《月光下的凤尾竹》……感受一种乡音的甜美，感受一种清静本真的韵味。

第二天天没亮，领队就把大家叫起来。洗漱完毕，我们就随着潘老师往屋后的小山上攀登。爬到半山腰，村里的炊烟正袅袅升起，在薄薄的雨雾下，整个村子仿佛一幅自然和谐的画卷。

满山的花木在云雾中舒枝展叶，油菜花在层层叠叠的梯田里泼洒开来，引人遐想。土墙红瓦、杉木草皮的各色土屋都一一摄入了镜头。丝丝的细雨让凝固的画面动起来，平添了几分灵气。大家都被眼前的美景吸引，拍得如痴如醉，全然不顾雨水打湿了衣衫。“郁郁层峦夹岸青，春山绿水去无声。烟波一棹知何许？鶗鴂两山相对鸣。”这是朱熹咏婺源山水的著名诗句。放在今天，依然有着原汁原味的印证。

朦朦胧胧的树影、缥缥缈缈的炊烟、浓浓淡淡的花色……下得山来，在村中遇见一个姓胡的小伙子。他说，他刚从常州学了厨艺回来，现在已经会烧川菜、苏菜，还有本地菜，想在婺源县城里开一家自己的小饭馆。一个背着书包出村的小姑娘说，长大了她要到山外上大学。

查平坦的春色很美，描绘在查平坦村民心中的春意更美。

回归外婆家

一幢幢小木屋掩映在芭蕉丛中，透着清新和凉爽。一只只檐角挂着的小红灯笼，可爱而温馨。走到这儿，心突然之间变成了绿色的，宁静而温柔……就这样停下脚步，轻轻地把自己放进这个世外桃源。

外婆家，它有一个如此亲切的名字，让我想到童年，那么住在这儿的我，今夜是不是就成了孩童？

选一个森林深处安静的小木屋，两层楼，两个房间。漂亮的浅黄颜色，朴素的感觉。木质的屋顶和地板让人觉得离大自然很近。芭蕉叶和桂花伸进了窗口，有点香，还有点树叶的清气。

安顿下来，天已经渐渐黑了。沿着小路静静地走，看路边那些老店，做卷烟的，卖烧饼的，吹糖人的……那雾气腾腾的香味和热情的笑脸，真的有外婆家的感觉呢。坐在廊桥上看水，看带着风声的高大水车，看那老得不能再老的金色南瓜，看夕阳渐渐地沉到树林的深处……没有人来打扰你，除了小鸟不时在你前面带着路。

上灯了，草地上的小花渐次模糊，夜渐凉。披上外衣，找一块大石头，坐上去看星星。可天很黑，又是月初，居然没有星星。朋友说，不要看星星了，看这些闪闪的红灯笼吧。是啊，红灯笼多可爱啊，飘浮在山道上，像儿时的梦境。

晚上，景区有一个篝火晚会，演出并不出彩，因为是低成本的自娱自乐。那高高燃烧的篝火，映红了来自四面八方人们的笑脸。遗憾的是，演出开始不久，就下起了大雨。人们开始逃到大树底下和屋檐下避雨，台上依然在唱歌、跳舞。只有一个老人不避雨，他一动不动安安静静地坐在雨地里看着演出，全身已经湿透，可看得那样专注、投入。也许只有到了他那个年纪，才能遇事不惊镇定自若，不管环境如何恶劣，都能以一颗平常心对待。

演出结束时，躲在树下的我全身也湿透了，心想反正已经湿透了，不如放纵自己一次，出去淋淋雨吧。于是，沿着回廊在高高低低的芭蕉树间玩水，伸出双手迎接那天上的甘霖。在大雨中穿梭、奔跑、玩乐……这样忘我的事情还真的只在儿时做过。

疯够了，玩够了，进屋冲个热水澡，然后上床休息。夜深时，雨渐渐小了，空气中温润的水气却更稠了，仿佛都在那树叶、草尖、花朵上面凝住了，一拧就会掉下来。爬满青藤的小屋裹在雾气里，宛若仙境。窗外蟋蟀在细声吟唱，为你的睡眠伴奏。迷迷糊糊中，蟋蟀的叫声越来越远、越来越轻，渐渐地沉入了梦乡，什么也听不见了。温暖的被窝真好！

早晨被杜鹃鸟的叫声惊醒，鸟儿站在窗台上，左看右看……整个原野，包括窗外那条天目溪都早早醒来了。江风吹来，带着茉莉花的香味，空气又柔软又安宁。昨夜的那场大雨早已了无痕迹。

新的一天又开始了。

累了的时候，就去外婆家吧，那儿也许没有很美的景致，可把心放在那儿会很妥帖——天真、淡定、欢喜。

远方的惊喜

稀薄的云层像蚕丝一样，不断地从机翼下往后飘，而远方的云却越积越多，像浪花，像冰川，一一浮在蔚蓝的天空中。

从萧山机场登机飞往乌鲁木齐，四个小时后，我看见了西部的土地。一眼望下去，地面全是光秃秃的黄泥山，什么也不长，一座座山峰像刀割一样陡峭，阳光的阴影把山峰雕刻得线条鲜明，偶尔山坡上有梯田，那梯田在飞机上看去就像指纹一样，一圈一圈盘旋着，很少看到河流。有时有河床，然而没有水，干涸的沙石裸露着，只能让想象告诉我们这儿曾经是水足草茂的富饶之地，至少在春天的时候给人这种感觉，而眼下却只有荒凉和贫瘠，方圆几百公里都是这样的土地。

接下来的几天，我们沿着天山山脉行走。展现在眼前的，一边是茫茫的戈壁滩，另一边是连绵起伏的天山。可能是人烟稀少的缘故吧，一路上少有交会的车子，天山在远远的地平线上，长年孕育的巨型冰川反射着太阳的光芒，显得那样雄伟、挺拔。

印象中北方总是缺水，裸露的土地和黄褐色的山脉因为缺水而失去了应有的生机。所以，乍一眼在北方的高原上看见赛里木湖时，我深深地诧异了：那是怎样的一汪澄碧啊，那种极纯净的深蓝，让整个湖面充满梦幻般的神秘。湖面很大，万顷碧波，浩浩荡荡，远处粼粼的波光像星星一样闪闪烁烁，水哗哗地拍打着湖岸。据说赛里木湖每年还在不断地变大。确实，我脚下站立的公路，有些地方已经有水漫上来了。

赛里木湖是新疆最大、最美的高山湖泊，它在大漠的一隅静守着连绵的天山。纵马嘶鸣的汉子、狂野的戈壁山风甚至大漠扑天的黄沙，到了这儿都会“满腔英雄气”化作“绕指柔”。

我站在湖岸上，一下子进入了四个季节——眼前的水如春天的第一张诗笺，碧绿深沉；近处草原一望无际，鲜花繁茂，满眼是让人叹为观止的夏日烂漫；稍远处的小山坡上，低矮的树木已经开始展示着金秋的艳黄；然而你瞧啊，那地平线上银色的天山冰川，分明让人感觉到了冬季的瑰丽壮观。

牧民们说，赛里木湖周围是西部最大的牧场。辽阔的草原上，牛羊无数，骏马奔驰；偶尔可以看见一对、一群在粼粼碧波上嬉戏的大雁和野鸭，给这幅浓墨重彩的画卷增添了些许空灵。赛里木湖是草原上最旖旎的花朵，一开就开出四百多平方公里的生机和灵气！

初秋的凉意轻轻袭来，身后的毡房已飘来奶茶的香味。朋友告诉我，赛里木在维吾尔语里是幸福的意思。难怪几千年的风沙、几代人的哀乐，留给赛里木湖的只是诗意的牧歌和马背上的爱情。

不远处一个双膝并拢蹲着的男人在抽烟，他的眼光不知看着何处；一个半大不小的孩子靠在一个小树桩上，脸黑黑的，一双乌亮的眼睛盯着自己的父亲。舒目望去，一对鸟儿轻轻跳跃着，时而梳理一下自己的羽毛……一切都是那样宁静。生活在赛里木湖边的牧民，经常在夜以继日的跋涉中追逐着快乐，在不断地迁徙中寻找着自己的家园。

车过果子沟。开车的师傅说，果子沟也叫塔勒奇山峡，古代是我国通往中亚和欧洲的丝路咽喉，现在也是进入伊犁的交通要道。在一个急弯处，我们遇上了一段山体滑坡，好在紧靠岩岸的一边还留有能让一车通过的宽度，师傅小心翼翼地绕了过去。

不久，车子左侧便出现了一条美丽的白色光带。一眼望去，这哪是水啊，分明是天上洁白的雪花，是山间溢出的白雾。我从没见过如此奔放的水，除了浪花，还是浪花，它一刻不停地向前流淌着，它的流淌不同于任何一条我所见过的河。那些河总有安静下来的时候，总有碧绿一潭的时候，但果子沟没有。由于地势上下落差大，果子沟的水永远是雪白的，永远是欢快的，它一路欢唱着前行，没有忧愁和迟疑。

这样的水真的是水中极品，我们为这遇见而欣喜不已，想把它放在心中细细看、深深爱，而且永远也爱不够。

在河边灌木覆盖的小山上，时而有白色羊群，初看时，疑是天上云朵闪落在山崖。细看，才知是一群洁白的山羊在崖上吃草，不见放牧的人，倒真像是仙人牧云。

“不到新疆不知道祖国之大，不到伊犁不知道新疆之美”……穿行在伊犁河谷，那独特的芬芳气息在空气中流淌开来，慢慢沁入我的骨子里……

夜越来越深

天，清而蓝，像一汪碧澄澄的湖水，它的下面也有一汪碧澄澄的湖水，那是百草园的望湖。

一个奇妙的傍晚，晚风在湖面上吹起阵阵微波，树上鸣蝉的叫声嘹亮又尖锐，一声起来一声跟着，慢慢涨成一片。有那么一刻，整个世界都被这鸣叫声淹没了。抬头，只见黑乎乎的树枝，不见一只鸣蝉，但那些声音却从千万张叶片里争先恐后地挤出来，生生地把我们的耳朵给灌满了。

蝉声停下来时，我们便听见了蛙鸣。“呱呱，呱呱呱”，在水边，在山坡，有独唱，有合唱。还有许多不知名的小虫在各个角落里交头接耳，寂静的夜里，这声音传得很远。它们会不会嘲笑我们听不懂它们的语言？我们走过时，它们会突然噤声，然后好奇地蹲在草丛里向我们张望。

靠近岸边的湖面是淡蓝色的，往中心去，湖水就变成了深绿色，远处有鱼，时常在我们不注意的时候“哗”的一声游过来。我看见黑褐色的水黾轻盈地滑过水面，带来长长的一道白光，小鱼游走，水面微启波痕，大鱼游过时就会有一片明显的涟漪，然后有两条斜分的细线在水面上慢慢滑行，渐渐地鱼潜落水底不见了，一切重新安静下来。

突然，不知从哪儿游来一只孤独的鹅，它在暮色笼罩的湖面上静静地游，不一会儿，远处又游来另一只鹅，远远的，它们看见了对方，马上用力向彼此的方向划去，然后欣喜地汇合在一起，深情款款、耳鬓厮磨。它们用喙亲吻着，用脖子缠绵着，用翅膀拥抱着。想来这一定是一对情侣，而且是自由恋爱的。

远处，树叶在瑟瑟作响，好像有松鼠从一棵树跳到另一棵树上。一牙带着毛边的弯月已经在天边笑了很久，像飘浮在天河上的一叶小舟，那舟上垂钓的小男孩呢？会不会因为天河里鱼儿太少，跑到望湖来玩耍了？

走着走着，突然看到一只萤火虫，我不由自主地跑了过去。萤火虫一闪一闪地在我们的头顶飞来飞去，害羞地扭了几下腰身钻到旁边田野里去了……有时候我会想，能做一只萤火虫多好啊，可以自己发光，也可以给别人照亮，还可以自由自在地飘来荡去。

我的房间在一幢安静的小楼上。我回到屋子里的时候，服务员已经来过了，床头留下了一张绿色的晚安卡片，温馨的细节流露出百草园的友善。推开窗，眼前就是翠绿的竹子和高大的香樟。风里带着甜味，还有树叶的清气，我觉得自己正在百草园温暖的漩涡里越陷越深。

年轻的时候喜欢走得远远的，但后来总想着回家。一年年时光逝去，我的智慧并没有随之增长，然而做事情却更加认真了，因为我知道，一个努力健康向上的灵魂，比什么都重要。

鹅黄的新月有着长长的睫毛，她眨一下，我眨一下；还有那细碎的星光，据说，它们是跋涉了上千年才看到我们的，我怎么舍得辜负呢？

今夜，我在百草园。远离浮华，远离喧嚣，这样的日子对平日忙碌的我来说是一种难得的出逃。在城市里，我们只有寂寞的影子；在乡村，连一朵花都有很多好朋友。在阅遍人情世故之后，我在这里滋养消瘦的灵魂。不知道还要走多少路，听从多少呼唤，才能抵达自己真实的内心。

我们的地球，不过是宇宙中的一个小点罢了，它甚至没有我今晚肉眼能看到的星星明亮。人类的孤寂是与生俱来的，你再怎么贴近也无法把两颗心合二为一，哪怕是父子，哪怕是夫妻，都做不到。人类有自身的短处和苦难，我们了解却救赎不了，就像我们明知有些人和事是错误的，却会一直错下去。自从有了人类，虚妄就在每一个人的心中，左右着他的思想和行动。

这个世界，总是会有战乱、袭击，会有灾难、死伤，随着年岁的增大，内心对人类的悲悯越来越强烈，生活的磨砺，生、老、病、死，孤独、恐慌、迷茫、无助，所有的苦痛我们都无法逃避。我是地球上一个小小的过客，也许明天，我就将远行，万里黄沙，千里征程。现世安稳，诗意栖居，只是我们的一个理想。

夜越来越深，窗台上，一只蜗牛在寂静里爬行，很慢，我希望有足够的时间等它爬过来。

代后记　七秒之间

传说鱼的记忆只有七秒，七秒后便不记得过往物事了。所以，即便在小小的鱼缸里，它也不会觉得无聊，因为七秒后每一寸游过的地方又变成了新天地。

它的记忆只在这七秒里不断轮回，刚刚记起又忘记。

这是一个凄美的传说。虽然后来经科学家研究，发现有的鱼记忆是七秒，有的鱼记忆不止七秒，我宁愿相信，在漫长的时光隧道中，我们的记忆，并不比七秒更长。我们总是会不停地忘却，不记得当时的细节，是小心翼翼还是局促不安；不记得当时的神态，是幸福温暖还是落寞孤单；不记得当时的心情，是心花怒放还是痛苦悲凉……不记得当时我们如何相识，如何相聚，又如何分离，甚至记不起彼此的名字、彼此的模样。抬起头，只有皎洁的月亮，高高悬在空中，还是原来的样子。

在历史的长河里，在浩瀚的宇宙中，人的一生，何尝不是比七秒更短暂。七秒之后不仅自己不记得，别人也将不再记得。但七秒之间，你要做什么，你愿意做什么，你想怎么做，你付出多少，得到多少，这个倒是可以取决于自己的。

尼采说，对待生命，你不妨大胆一点，因为我们终究要失去它。

不断地忘却和失去是人一生行进的方向，无可改变。文字偶尔可以生火取暖，聊以自慰。漂泊是生命最原本的状态，人生从来都没有归宿。我一直用磕磕绊绊的文字，记录生命中一次次匆匆忙忙的遗忘……下一阵风起，我不知道自己会站在哪一个未知的路口，七秒之间，它并不会告诉我答案。

仰观宇宙之大，俯察地球之渺。我一直以“恒星”作为微信名，几乎所有的人都以为是表达很大的意思。我每次都跟他们解释，取名“恒星”是为了不断提醒自己的渺小，因为站在整个宇宙、整个物质世界里，一个太阳系都小如尘埃，那样微不足道，一颗恒星、一个地球、一个个体的人又算什么呢？连尘埃的尘埃都算不上。在茫茫宇宙中，恒星尚且如此渺小，我们的个体大可忽略不计。有了这个参照，我会时时提醒自己，不要虚妄，不要执迷，除了自己的内心和思想，这世上没有什么东西是值得计较的。

如果我只有七秒的记忆，那么这些文字就是记忆的花朵。一朵花凋落后，其他的花苞会连续不断地开，无穷无尽。春去秋来，四季轮转，一个懂得爱的人也会懂得温柔地坚守。

生命里有无数的七秒，有无数的失忆和记忆，七秒又七秒，也许就能创造出奇迹。所以，我珍视生命里的每一个七秒，一个用心码字的人，会觉得每一个七秒的记忆都弥足珍贵。

时间最是公平，任谁都无法透支。阳光打开的春天，风一吹就散了。文学让我们看得更清澈，更高远，且留且回味。

七秒之间，忍冬花开了；七秒之间，孔雀草黄了。七秒之间，花在结它的果子；七秒之间，路有无数的方向……

七秒之间忘却，生命归零，其实未必不是一件好事。一切从头开始。

虽未能尽美，幸来日方长。

七秒之间，像蒲公英一样飞舞。

七秒之间，像月光一样照耀。

七秒之间，所有微妙的可能。

提高现代文阅读和写作成绩的金钥匙

李俏红作品
现代文阅读试题详解

只要自己不放弃

（1）冬日给月季剪枝，剪下的枝条随意丢在一旁。春天来的时候，我到院子里拔杂草，拔着拔着手突然被刺了一下，感觉到疼的瞬间，我看到了地上几根不起眼的月季枝条。原来是月季的刺伤了我，我随手捡起枝条想扔掉。但捡起来的那一刻，我看见那枝条上已经冒出了暗红色的芽头，原来，每一根枝条都还活着。

（2）整整一个冬天，它离开了泥土和水分，仅靠自身的营养维系着生长，居然还能在春天发出新芽来。

（3）于是我没舍得扔掉，我重新把它们种进了土里。因为我知道，无论怎么随意扦插，它们都已经活了。夏天时，一根枝条就会变成一树月季，并开出美丽的花朵。原本命运已经抛弃了它们，可它们自己并未放弃，于是重新获得了春天的青睐，改写了自己的命运，成为花园的主角。

（4）一枝花是这样，一个人也是这样。

（5）《哈利·波特》系列小说在找到一个愿意冒险尝试的出版商之前，被拒绝了十二次，但作者J. K. 罗琳并没有放弃，她一直不断地努力，终于书稿得以出版，从此J. K. 罗琳和《哈利·波特》一起闻名世界。

（6）浙江大学的一个年轻学生因车祸失去了右腿，他觉得自己的人生从此没有了意义，他所有的梦想都破碎了。但后来，他在医院遇见了一个患小儿麻痹症的病人。“虽然我的右腿肌肉萎缩，但是我用自己的坚持告诉大家，身体上的残疾并不可怕，只有心理上的残疾才会让人残疾终身。”一语点醒了年轻人，他知道不能自己放弃自己。从此，他走上了网络程序设计之路，从一个“废人”变成了有用的人。

（7）人生最大的失败，就是自我放弃。如果连自己都放弃了自己，别人自然也帮不了你。人的潜能是巨大的，有时连自己都不清楚这潜力到底有多大。

（8）中国科学院大学教授杨佳在年近三十岁时因“黄斑变性”失明，生活中的光彩无情地消失了。在最需要帮助的时候，她丈夫提出了离婚。但杨佳并没有气馁。失明后，她毅然选择在困境中重生，克服种种困难，付出比别人多几倍的心血和汗水，每天摸索着走上讲台，继续上课。电脑帮了杨佳大忙，别人给她装了一套英文语音系统，她又可以“看”东西，写书了。现在，杨佳不仅成为全国政协委员、中国盲协副主席，而且是哈佛大学建校三百年来第一位获 MPA 学位的外国盲人学生，同时成为联合国残疾人权利委员会副主席。

（9）杨佳说："一个人可以看不见，但不能没有见地；可以没有视野，但不能没有眼界。"只要你有追求，有梦想，坚定不移，就会有奇迹发生。

（10）人的一生不可能一帆风顺，总会碰到各种困难。但是无论如何，只要你自己不放弃，就没有人可以打倒你。规划好自己的人生，不要被外界的琐碎事件困扰，始终如一。一直做该做的事，做想做的事，虽历经磨难，仍痴心不改。

（11）只要自己不放弃，幸福和幸运就不会放弃你；只要自己不放弃，梦想就会离你越来越近；只要自己不放弃，永远都会有机会；只要自己不放弃，总有一天你会成功。

（12）生活不可能十全十美，有挫折、有困难、有烦恼很正常，我们要学会坚强，学会把现实握在自己手里。

（13）一枝花尚且不放弃，何况人呢？

1. 文章开头写断根的月季的命运有何作用？

____

____。

2. 请简要梳理文中三个材料之间的关系。

____

____。

3. "一个人可以看不见，但不能没有见地；可以没有视野，但不能没有眼界。”请结合杨佳的人生经历，谈谈你对这句话的理解。

____

____。

4．文章结尾说：“一枝花尚且不放弃，何况人呢？”请结合全文，谈谈这个结尾的好处。

____

____。

参考答案：

1．月季枝条虽然没有汲取地里的养分，但依然冒出嫩芽，说明命运把握在自己的手中，只要自己不放弃，就能获得春天的青睐；同时为下文做了铺垫，意在由花过渡到人。

2．从 J. K. 罗琳写到浙大残疾学生，再写到盲人教授杨佳，层层递进，说明不放弃的人潜能巨大；三个材料各具代表性，有健全人和残疾人，有年轻人和中年人，甚至有名人和普通人，选材典型；详略得当，重点突出。

3．作为一个盲人，杨佳没有怨天尤人，而是实现了人生的完美逆袭，成为教授，甚至杰出女性，达到了普通人难以企及的高度。她虽然看不见，但有见地，有思想，有追求；她虽然看不见，但比任何人都有清晰的人生规划。

4．由花及人，暗合文章的写作思路；紧扣题意，卒章显志；言犹未尽，启发读者的想象力，拓展读者的思维空间。

海榴红似火

（1）我爱上茶花时年龄还很小，那时并不知道茶花是金华的市花。

（2）那时，我在山城遂昌读小学，有一段时间，每天放学，一位家住山脚的同学都来约我们一道上山去采野山茶。当我在山间看见一丛丛正盛开着火红火红花朵的野茶树时，是那样惊喜，那种耀眼的娇艳和夺目，让我感到别的花朵与它一比，全会相形见绌。那时，我们整枝整枝地把花采回家，供在瓷瓶里，整个房间因为有了红山茶而显得格外亮丽。第二年春天，茂盛的野茶树又会如期开出许多花来，仿佛是一个久远的约会，它总是在寂寂的山间等着我们的到来。

（3）上学后看《徐霞客游记》，见其中有一段描写茶花的句子，写得很地道："后院有茶花，为南中之冠。由其右转过一斤，左有巨楼，楼前茶树，盘荫数亩，高与楼齐。其本径尺者三四株丛起，四旁葳蕤下覆甚齐，不能中窥，其花尚未全殊，止数十朵，高缀丛叶中，虽大而不能近觑。且花少叶盛，未见灿烂之妙，若待月终，便成火树霞林，惜此间地寒，花较迟也。"

（4）记得外婆家的村口也有一株高大的野生茶花，但我对它没有什么印象，因为很少见它开花。有一年，家住金华的大伯突然来到外婆家，到了之后就爬到高大的茶树上剪了整整两麻袋的茶树枝，说是拿回去扦插的。他告诉我，金华人可喜欢种茶花了，那时我才知道茶花是金华的市花。

（5）读过温庭筠《海榴》诗，其中曰：“海榴红似火，先解报春风。叶乱裁笺绿，花宜插鬓红……”这说明在唐代，妇女已经把茶花簪插于鬓发上作为饰物了。我记得小时候爱簪花的外婆每天清晨为我梳好头，总会把各种美丽的鲜花往我头上插，但是否也为我插过茶花，我已经不记得了，也许有吧。

（6）后来，我到金华上大学。有一回，一位朋友从远远的北京来看我，游玩了双龙洞后，我又陪他游了婺洲公园。当时正值婺洲公园茶花盛开的季节，各种茶花艳丽妩媚、芳姿绰约，我一路走一路给他介绍金华的茶花。朋友是个有心人，回北京后不久就给我寄来一本有关茶花的书，还有几套茶花的明信片和首日封。他说：“凭感觉你很喜欢茶花，于是我找遍了京城的书店，为你买了这些有关茶花的资料，算是我对你的谢意。”

（7）事实上，不仅我爱茶花，我的父母也很喜欢茶花。他们在自家门前的花坛里种了许多茶花，大多是从遂昌移出来的珍贵品种。一年四季精心栽培，花开时节缤纷热闹。可有一年花开得正闹时，一个风雨夜里，茶花被人连根挖走了两棵。父亲很心痛，立即报了案，但并没有引起重视。

（8）也许那花卖出了好价钱，第二天夜里，那偷花贼一口气偷走了几乎所有的茶花，只剩下两棵弱小的。父亲很生气，他说只要认真追查一下，是可以抓住偷花贼的。可反馈过来的说法是，大案子都忙不过来，还用这么小的事情烦他们。想来他们一定不知道茶花对于热爱它们的人来说意味着什么。书载唐代卢肇在进士及第之前，家境贫寒，但极爱茶花。一日偶出，“新植红茶花”竟然被人“移去”，于是“以诗索之”。其诗写道：“最恨柴门一树花，便随香远逐香车。花如解语犹应道：欺我郎君不在家。”诗中把茶花写成女性，诗人以茶花的口气称自己是“郎君”，表达了自己失去茶花的痛惜之情，怨恨自己“不在家”，这是何等真挚的爱花之情！传说还有唐代诗人张籍将爱妾与人换茶花的故事，看来从古到今，爱茶花是大有人在啊！

（9）好在家中剩下的那两棵弱小的茶花，这几天已经开花了，而且还挺精神呢！

1. 文章开头为什么要写小学时“我”对茶花的喜爱？

____

____。

2. 文中引用温庭筠的《海榴》诗有何作用？

____

____。

3. 作者字里行间流露出对茶花的喜爱，请结合全文简述作者喜爱茶花的理由。

____

____。

4. “花如解语犹应道：欺我郎君不在家。”花解语，鸟自鸣，生活中的语言需要我们用心聆听，用心感受。请你仿照示例，写一段“花语”。

示例：荷花

荷花的花语是清白、纯洁、忠贞，象征着“出淤泥而不染”的高尚情怀。

____

____。

参考答案：

1. 紧扣话题，照应题目，为下文从生活和文学两个方面表现茶花之美做铺垫。

2. 点名题目出处，说明我们赏花簪花的习俗由来已久，增添了文学色彩。

3. 受徐霞客、温庭筠等文人的影响；受父母和外婆的影响；自己对生活的热爱。

4. 示例：荷花

荷花的花语是清白、纯洁、忠贞，象征着“出淤泥而不染”的高尚情怀。

乡间野趣

（1）因为喜欢玩水，我时常怂恿表哥带我去捕鱼，但表哥一直没答应。有一天晚上临睡前，他突然对我说：“明天我们去捕鱼。”

（2）兴奋了一夜，第二天天才蒙蒙亮，我就轻手轻脚地起来，偷偷潜进表哥的房间，本想吓他一跳，可被窝里早没人了，原来表哥起得比我还早。

（3）走到门外，看见表哥正在用绳子捆绑他的捕鱼工具。表哥捕鱼，用的是一种懒方法，不用动手抓，鱼儿自己就会送上门来，这完全得益于表哥手上这种叫“竹闸”的东西。

（4）在捕鱼前，表哥会事先在家中准备好“竹闸”。“竹闸”

是用竹子一根一根细细编织好的密密的栅栏，又宽又大。把这种捕鱼工具放在小溪的中间，然后在两旁用大石块垒成一条水道，鱼就会顺着水道游下来。鱼儿喜欢抢水头，跟着浪花不倦地游动，一不留神就掉进“竹闸”，落入早放好的栅栏中。落入“竹闸”的鱼儿要想回到水里，就很难了。任它们怎样用力也挣脱不了，左跳右跳一阵后，只好躺在“竹闸”上面大口大口地喘气。一般中午时分，我们会去收获战果。

（5）露珠在草叶上反射着亮晶晶的光芒，天空像是刚刚被水洗过一样透明清新，远处的树枝微微摇晃着，发出沙沙的响声。表哥背着他的捕鱼工具，和我一起雄赳赳气昂昂地行进在通往河边的小道上。

（6）表哥一边走，一边抬头看了看天空。“这是一个好天气，鱼儿肯定多。到时你可要帮我垒石头，不准偷懒哦。”表哥说趁大清早把“竹闸”放下去，近午时，就会有很多鱼儿落网，我们中午就有鱼吃了。我听着，不觉口水已经在嘴巴里翻腾，香喷喷的鱼味也直往鼻孔里钻。我们下水垒起石头来格外卖力，不一会儿，一条长达六七米的水道就垒出来了。竹栅栏放下去后，两边再用大石头固定住，水自然就往一个方向冲。表哥说：“好了，我们回去吧，中午再来起鱼。”

（7）可我往往熬不到中午，就会一个人偷偷地跑到河边去。我欢天喜地地跑过去，全然不管溅起的水花搞湿了小脸和袖口，双手捧起一条条小鱼儿，像捧起自己的战利品。那一条条小鱼躺在掌心里，又滑又痒，那冰凉的感觉，超爽。

（8）“哇，这条鱼有红色的尾巴呢！”“这条鱼有金色的花纹。”每当碰到漂亮的鱼，我就会拿回表哥家，放养在门口的池塘里。那些灰不溜秋的小鱼则变成了我肚子里的美味。那鱼可全是野生的，肉嫩味鲜，多脂肥厚，没有一点儿污染。

（9）一直不知道这个竹栅栏学名叫什么，以为字典上不会有。有一日，无意中翻字典，却查到了这个学名，叫“鱼簖”。字典上的注释是：“插在河水里的竹栅栏，用来阻拦鱼、虾、螃蟹，以便捕捉。”刚看到时很是惊喜，觉得古人真了不起，原来早就发明了这个方法。

（10）表哥却不以为然：“祖祖辈辈传下来的方法，字典上有也不奇怪，不过这个字太难写了。”“才不难写，下次我们可以用鱼簖捕更多的鱼。”我现学现卖，觉得用“鱼簖”这个词比“竹闸”时髦多了。

（11）表哥家屋前屋后有很多油茶树。偶尔，找不到吃食的野猪会穿过油茶树窜到村子里来。半夜里，我经常被赶野猪的敲锣声惊醒。可我是一个多么贪睡的孩子啊，揉一揉惺忪的眼睛，转个身又进入了梦乡。第二天在晨光中醒来，并不知道乡村夜晚上演了怎样的惊险。

（12）九月，茶籽成熟，大人上山采摘，摘回后晾于檐下，干后黑乎乎的像小山似的堆着。此时每到夜间，我便在昏黄的灯下，一边听表哥讲侦探故事，一边剥茶籽。干后的茶籽只要用脚一踩就会裂开，里面的籽自己会跑出来。我很喜欢干这活，既省事又轻松，还可以卖个“乖巧”的名声。

（13）这些茶籽会被送到榨油房，榨出香喷喷的茶油来。

（14）榨好油后，家家户户开始酿酒。白日变得越来越短，夜晚变得越来越长，不久，漫长的冬季就来了。

（15）“我们要翻过这座山去挖冬笋吗？”“当然，大山深处才有壮实的笋啊。”表哥一边说一边用手奋力地拨开道路两边的荆棘，小心翼翼地不让刺勾着我的衣服。我跟在后面，“哼哧哼哧”喘着粗气，沿着山坡往上爬。

（16）爬了好长一段时间，终于看到了翠绿的竹林子。我开心地抡起锄头就挖，挖了半天也不见一根冬笋的影子。表哥说：“竹山那么大，你这么乱挖，什么时候才能挖到冬笋？挖冬笋可是有方法的。”我举着手里的小锄头，赶紧跑到表哥身边说：“教我，教我，怎么挖才能挖到冬笋？”表哥说：“你顺着竹鞭找，看到地面有泥土开裂了，一锄下去肯定有笋。”我便细心地找，没想到真的给我挖到一根，只是一锄下去，冬笋给锄成了两半。我正不知如何是好，表哥笑呵呵地说：“能找到就不错，反正是自家吃，挖破了没事。”

（17）那个上午，我们挖了一篮子的冬笋。表哥说我表现不错，下次还带我来。我听着心里乐开了花。

（18）虽然是寒冷的冬日，表哥家门前的涧水总是温暖如春，还冒着丝丝热气，因为其源头是一口地底下的温泉，冬暖夏凉。冬日里，把冰冷的小手放到水里就会变得暖和。表哥喜欢在水中洗刚从田里挖出的荸荠，然后专挑个儿小、皮色鲜红的荸荠给我吃，这种荸荠肉又嫩又甜，入口化津，而个儿大的、黑褐色的就不行，别说没小个儿的甜，吃到后来还有一口的渣子。

（19）乡间的日子真的好有趣，还可以摘栗子、采莲藕、摸螺蛳、捉蚱蜢、逮鳝鱼，可以在天井阴凉的石凳上看书游戏……长大后，这份根植在记忆深处的眷恋和挚爱一直陪伴着我，无论我在世界的哪一个角落，它都明确地指向家的方向。

1. 乡间野趣很多，作者写了哪些野趣？如何来表现？

____

____。

2. 请简要赏析文中画线的句子。

露珠在草叶上反射着亮晶晶的光芒，天空像是刚刚被水洗过一样透明清新，远处的树枝微微摇晃着，发出沙沙的响声。

____

____。

3. 试分析“我”的乡野生活的情绪体验。

____

____。

4. “长大后，这份根植在记忆深处的眷恋和挚爱一直陪伴着我，无论我在世界的哪一个角落，它都明确地指向家的方向。”请简要分析这句话的含义。

____

____。

参考答案：

1. 捕鱼，采茶籽、榨茶籽，挖冬笋等；描述有详有略，颇有情趣。

2. 通过景物描写，体现明朗和愉悦的情感和对即将到来的捕鱼满怀期待，充满好奇。

3. 乡野生活有活泼的捕鱼之乐，有遇险的刺激和惶恐，有增长知识的趣味和满足，他们都是“我”最丰富的精神养料和最深刻的亲情体验。

4. 东坡有言：此心安处是吾乡。茫茫红尘，心灵安放之处即是家乡。乡间生活虽然贫乏，但充满了浓浓的野趣，还有最浓烈的亲情。即使远走他乡，割舍不下的依然是家的味道，家是灵魂的寄托，是人生的方向。

满塘芙蕖香

（1）每年花开，我都会惦记着去莲塘边。

（2）我国最早的字典《尔雅》里所说的芙蕖就是指莲花。中国是莲的原产地，早在7000年前的河姆渡文化遗址出土的文物中，就发现有莲花的花粉化石。距今5000年的仰韶文化遗址又挖掘出两粒炭化莲子。

（3）沿着弯弯曲曲的田埂，一朵又一朵的莲花映进我的眼帘，那粉色的笑脸，胜过我所见的世上最娇美的女子……远在天边的翘首，近在眼前的企盼，莲叶一层层铺展着甜美，把清晨温柔的阳光过滤得碧澄澄。伴随着莲花那含苞欲放的娇羞，整片莲塘更像是一个有着无穷风月的小院。如果说莲花是一个以荷叶为裙的女子，那么所有的男子都会爱上她的柔美……

（4）古人之爱莲也爱至极致。周敦颐的《爱莲说》自是影响深远；李渔的《芙蕖》也历数莲花之“可人”，在李渔看来，没有一种花能像莲花这样风韵十足。李渔在《闲情偶记》中，称自己有四命，“春有水仙夏有莲，秋有海棠冬蜡梅”，并言莲花

“予四命之中，此命为最”。可见他对莲花真正是喜爱至极。

（5）在我的印象中，李清照是爱极了莲的。《怨王孙》中曰：“莲子已成荷叶老，青露洗，苹花汀草。”还有《如梦令》：“兴尽晚回舟，误入藕花深处。争渡，争渡，惊起一滩鸥鹭。”可见，莲与她的日常生活有着千丝万缕的联系。

（6）“却喜归来重见，嫣然旧识娉婷”“最是那一低头的温柔，似水莲花不胜凉风的娇羞”，心若欢喜，便是良所。

（7）七月的莲塘是地球上的一块璞玉——真实，自然，随缘，纯净，安宁，愉悦。

（8）古诗《江南》：“江南可采莲，莲叶何田田！鱼戏莲叶间。鱼戏莲叶东，鱼戏莲叶西，鱼戏莲叶南，鱼戏莲叶北。”

（9）留恋莲塘，不仅仅因为莲花，还因为莲塘边上住着的人。

（10）六岁那年，我第一次到乡间，得遇人生中第一朵莲花。

（11）“我要那一朵，最中间的那一朵。”说这话时，我正踮着小脚站在莲塘边，红扑扑的脸蛋向上仰着，小手指着水塘中间一朵盛开的红莲。这个莲塘是吴伯家的，当时憨厚的吴伯正在塘边编竹筐。

（12）吴伯是我的一个远亲，按辈分我管他叫大伯。两岁时一场小儿麻痹症让他成了聋哑人。吴伯不懂社会的复杂，他只在自己的世界里生活着，善良单纯。因为残疾他没有结婚，无儿无女，特别喜欢孩子。

（13）不会说话的吴伯听懂了我的意思，大步涉水为我采来了莲花，细心地弄干净莲杆上的刺芽，小心翼翼地把花递给我。

（14）莲花很美，就像吴伯那颗善良的心。

（15）吴伯虽然聋哑，却是种莲的好手。他种的莲，总比别家开花多，结的莲蓬也比别家大。儿时只要我一去，他就会“呀呀”地打着手势，带我去塘边，为我摘莲蓬、采莲花，陪我抓泥鳅、捉蜻蜓，童年的天真活泼就定格在莲塘的诗情画意中。

（16）“采莲南塘秋，莲花过人头。低头弄莲子，莲子青如水。”南朝乐府《西州曲》里的句子，吴伯是不懂的，但在我眼里，吴伯在莲塘里的情景跟诗句一样动人。

（17）如今，吴伯老了，住进了村里的敬老院，我得空会去看他。他身体硬朗，每次见我都“依依呀呀”地打着手势，告诉我敬老院里的一些新鲜事，并不断地竖起大拇指告诉我，敬老院好，大家对他都好。

（18）早年，看清人沈复的《浮生六记》，其中提道：“夏日荷花初开时，晚含而晓放，芸用小纱囊撮条叶少许，置花心，明早取出，烹天泉水泡之，香韵尤绝。”讲沈三白夫人小芸如何烹制荷花茶。坐在莲塘边，喝着朋友为我泡的茶，虽不及小芸的讲究，但那种源自生活的闲情雅趣是一样的。

（19）“日长睡起无情思，闲看儿童捉柳花。”世上光阴短，壶中日月长。一个故事也好，一段心绪也罢，高洁清雅的莲花不仅养眼，更能养心啊！

（20）一阵风吹来，带着丝丝甜味儿，这应该是莲的香气吧？

1. 作者对莲花的描写别具一格，请对画线部分作简要赏析。

远在天边的翘首，近在眼前的企盼，莲叶一层层铺展着甜美，把清晨温柔的阳光过滤得碧澄澄。伴随着莲花那含苞欲放的娇羞，整片莲塘更像是一个有着无穷风月的小院。如果说莲花是一个以莲叶为裙的女子，那么所有的男子都会爱上她的柔美……

____

____。

2．“古人之爱莲也爱至极致”，作者思接千载，神遇古人，请用简洁的语言简要归纳古人爱莲的三件事。

____

____。

3．“莲花很美，就像吴伯那颗善良的心。”试分析这句话在文中的作用。

____

____。

4．结合全文，分析标题“满塘芙蕖香”的含义。

____

____。

参考答案：

1．运用拟人和比喻手法，把莲花人格化了，“翘首”“企盼”写出了莲花的娇羞和甜美，女性的柔美，再加上风情无边的小院，营造出诗画般的意境，表达了“我”对荷花的喜爱之情。

2．李渔把莲花看成自己的生命；李清照的生活中离不开莲花；沈复的夫人陈芸烹制荷花茶。

3．借花喻人，吴伯美丽的心灵像花一样，善良质朴，受人喜欢。

4．“芙蕖”出自《尔雅》，说明古人对莲之喜爱由来已久，文中引用大量的诗文，不但说明民间爱莲风气之盛，而且使文章诗意盎然。在此基础上，通过写吴伯的为人，和谐美好的风气扑面而来。

时间里藏着诱惑

（1）我们在除夕的钟声中一岁岁长大，一年又一年，春花无痕，不知不觉中，我们已从油盏灯里的年进化到网络时代的年了。这么多庞杂的记忆，谁肯一下子就轻轻淡淡地放过呢？更何况回忆能让我们更好地体味眼前的幸福。

（2）如今的孩子不知什么是油盏灯里的年，他们也许只能从朱自清的《忆》跋里读到那么一小段文字。而我们小时候是真真切切地体验过油盏灯里的年。炒米、煎糖、包粽子、磨豆腐、炸油泡，白日来不及做，夜晚灶头一盏油灯便要燃到深夜……暗了，轻轻地向上旋一段棉芯，灯又亮了。

（3）冬日孩子睡得早，是为省油，去睡也不点灯，只用一支火竹篾照亮进房睡觉。但大年三十除外，吃了年夜饭，全家老少还要围着油灯拉家常守岁。正月里，油灯格外亮，我们孩子破例可以在油灯下走象棋、玩纸牌、放鞭炮。天很冷，但每一个油盏灯里的年都过得很温暖。

（4）对于那时的孩子来说，没有什么比过年更快乐的事了，有新衣穿，有肉吃，可以出门做客，可以找伙伴们舞龙灯。而这些对于现在的孩子来说算什么啊，每天都可以有新玩具，随时可以有新衣服，每天餐桌上都可以像过年一样，不给他们一点儿新花样，他们是体会不到我们童年过年时的那种开心的。

（5）短短的几十年，我们和岁月一起走向成熟。油盏灯早已销声匿迹，电灯也寻常得不值一提，而我们在油盏灯里过年时并未想过有一天我们可以整夜拥有明亮的灯光，做任何事都跟白昼一样方便。后来我们有了彩电、冰箱，有了空调、洗衣机，再后来有了手机、微波炉，如今我们有了网络和手提电脑，还有了数字电视和掌上书籍，有了人人网，有了 Twitter，有了 Facebook，有了微信，世界一下子变得那么近、那么小……“地球是个小小的村落”，这句话现在听起来感觉格外真切。

（6）如今，我们全面进入了高铁时代。春节临近，只要在手机上动动手指头就可以买票，从前那种彻夜排队、一票难求的情景不复存在，人们的出行变得如此快捷而便利。

（7）这世界的变化多么神速，科技的不断进步给社会带来了日新月异的发展。我们以前何尝想过，世界会冒出这许多让我们惊喜的事物？

（8）前几日，有朋友发来一条短信：“你敲遍所有的门了吗？新年又来敲你的门了。”是啊，我敲遍所有的门了吗？我渴望的传奇躲在哪扇门的后面？我为什么不去敲呢？

（9）当我们满足于网络让我们足不出户就无所不能时，谁也不知道接下来的几年会发生什么，会有怎样一个纷繁绚丽的世界在等着我们，总之肯定是一年比一年进步。

（10）又是一年新始，再不努力，就真的老了！记得一位诗人说：“世界会一天天老去，但诗歌永远年轻。”总有一些东西会老去，但也总有一些东西会永恒，比如爱，比如文学。

（11）从油盏灯里的年到网络时代的年，人们的生活是越过越好，日子也越来越红火。我们的未来，正在打开更精彩的篇章。世界在不断创新中验证着各种神奇。时间里肯定藏着诱惑，我们的期盼就是一个很好的证据。年轮在阳光里一圈一圈地旋转，更新、创造、重组，我们总能在生活中发现奇迹。

（12）如今，要看油盏灯，就要去古民居或博物馆了。从油盏灯里的年到网络的年，冬去春来，我们只是过着普普通通的生活，但仍然会发现，平凡的人生中永远有着丰盈的美。

1. 作者对油盏灯的认识经历了哪些变化？请结合全文作简要说明。

____

____。

2. 朱自清在《忆》跋中说：“飞去的梦便是飞去的生命，所以常常留下十二分的惋惜，在人们心里。”请结合全文，说说你对这句话的理解。

____

____。

3. 文中画线的句子，作者一连用了三个问句，请作简要赏析。

我敲遍所有的门了吗？我渴望的传奇躲在哪扇门的后面？我为什么不去敲呢？

____

____。

4. 文章以“时间里藏着诱惑”为题，有什么作用？

____

____。

参考答案：

1．油盏灯是享受天伦之乐的年的记忆；油盏灯是网络时代美和爱的永恒记忆。

2．岁月流逝，所有经历的喜悦和痛苦，都是弥足珍贵的人生财富，都是最纯真最美好的生命。但生命总是向前，尽管不舍，尽管遗憾，我们还是要把它珍藏在心里，珍爱当下，拥抱未来。

3．辞旧迎新的时刻，人们总是充满了新奇和渴望，你对未来有规划吗？你的梦想是什么？你愿意为未来去付出去奋斗吗？新的一天，新的一年，我们要期待，更要有行动。

4．回望过去的日子，有童年的玩乐嬉戏，有家庭的天伦之乐，满满的幸福味道；展望未来的岁月，瞬息万变的世界不断给人带来惊喜，我们融入世界的节奏，紧跟时代的步伐，为梦想而奋斗。

秋日的甜美

（1）秋日里，各种果实开始成熟，这是孩子们最有口福的季节。

（2）门前，有外公手栽的葡萄树，已经有十多年的树龄了。每到秋天，藤上就结满了一串串青紫相间的大葡萄，亮晶晶、沉甸甸的。我总是等不及完全成熟，就偷偷攀着老藤条爬上去摘，一直吃到肚子发胀。葡萄树的旁边还有一棵笔直的枣树，枣子有大小年之分，小年基本上刚够亲朋自己吃，大年却可以挑着担子拿到集镇上去卖钱。

（3）屋后的山上到处都是野山楂。随便走在山道上，我就能摘到许多。然后把它们穿成串挂在脖子上当项链，不仅可以生吃，也可以烧熟了吃，那味道酸得很，至今想来仍止不住满口生津。

（4）竹林里有很多一丛丛熟透了的野落茄，花紫紫的，果实的颜色也紫紫的，叫人爱不释手。这种野果子酸甜诱人，口味清爽，我总是一边爬山一边在坡地上尽情地吃，吃多了整个牙齿、舌头、嘴唇都变得紫哈哈的，感觉超级酷。

（5）上学后，才知道野落茄是它的土名，学名叫地菍，一个很陌生的词。书上说，地菍果实中含有大量的糖类、黄酮类、酚类物质和天然的氨基酸，是一种营养价值特别高的野生水果。我儿时这么调皮，这么好动，却一点儿不觉得累，可能和长年大量吃野落茄有关吧。

（6）山上还有很多野生的小毛栗子，顶着刺猬一样的头发。如果被它刺到，可不是闹着玩的，会很疼，而且万一小刺跑到肉里面出不来，就得用尖尖的针去挑。因为野毛栗子植株矮小，分布在灌木丛中，所以一般情况下，我们就整枝整枝扛回家。然后把整枝的毛栗子放在地上，用鞋底反复地搓碾，不能太轻，也不能太用力。太轻，表面的刺没有被搓掉，太用力里面的毛栗子可能就被踩碎了，火候的把握全凭经验。等外壳的刺搓碾得差不多没有了，我们才伸手把栗子从壳里剥出来，一般里面包着两到三颗栗子，野栗子肉虽小，但很甜，嚼着特别脆。如果运气好的话，能找到只有一颗的独子，独子的野毛栗子圆润光洁，口感更甜。

（7）绕过一个菜园子，疏篱那边有两棵大叶子的柿树，红橙橙的柿子满枝灿烂，明明灭灭的枝叶间顿时生出许多诱惑。多可爱的小灯笼啊！熟透的柿子在透明的阳光下散射着亮晃晃的光泽。摘下来，有的果子还敷着一层薄而白的蜡质，外婆告诉我，那是柿霜，是果糖渗透到表皮上形成的，有柿霜的柿子会特别甜。

（8）柿子摘下来，一般要放几天才可以吃，可我总是等不及，稍稍有点软就往嘴巴里塞。结果一开始是甜的，吃到最后总是满嘴涩味。

（9）厨房后面的小弄堂里，还有一株高大的橘子树。这棵橘子树是外婆最喜欢的，原因是橘子摘下后保存的时间最长，一直可以放到过年。别的水果放不住，早就吃完了，但橘子被外婆珍藏在松毛叶丛中，一直红彤彤的，很新鲜，大年三十可以供到祭祖的案台上。

（10）那年秋天，老屋后面的石头缝里突然发现了一条杯口粗的青花蛇，足有一米半长。七八个大人便拿着木棒、锄头等去逮。还真的给抓到了，于是把一应剥皮、剖肚、烧煮的事儿交给了舅舅，据说舅舅以前出差去广东，看别人剖过蛇。我们一群表兄妹本想围在一旁看新奇，结果统统被舅舅赶得远远的，他说小孩不能看剖蛇，看了长大不会读书。

（11）傍晚时分，一股诱人的香味便弥漫在小村里，舅妈围着花围裙开始一家一家用小碗送蛇肉，整村人都有份。舅妈装了六小块蛇肉来，外婆说全给我一人吃。邻村的阿布刚好放羊路过我家门前，眼巴巴地站在一旁使劲咽口水，脸上有股掩饰不住的馋样。我大方地从碗中夹了两块蛇肉给他，他开心地说：“这是我第一次吃蛇肉，原来味道这么鲜美。”其实这也是我第一次吃蛇肉，阿布回去后，向自己村的小伙伴得意地炫耀了一星期。原来分享会让人如此快乐。

（12）秋日，夕阳西下是山村最美的景致。一轮滚圆的太阳就挂在小山上面，它敛起了所有的光芒，颜色明艳得像一只刚打开的蛋黄。偶尔有群黑色的鸟斜斜地穿过霭霭的红云。我走在田埂路上，红日正一点点地沉下去，等我走完这条田埂路，红日早已沉到了小山下面。但让我惊喜的是，换一个空旷的角度，红日又重新挂在眼前。这就是山野动人的一面。

（13）每年秋天，土地和山林总给我们如此多的馈赠，时光也变得无比甜蜜。想来我对大自然的热爱和认知，就是从这些酸酸甜甜的果子开始启蒙的。

1. 本文是一篇抒情散文，但文中画线句却介绍了地菍的营养价值，有何作用？

____

____。

2. 结合全文，说说以“秋日的甜美”为题有何作用。

____

____。

3. 文中分吃蛇肉这一情节，有何作用？

____

____。

4. 文章在详略安排上有何特点？

____

____。

参考答案：

1. 运用了说明的表达方式，介绍了地菍的营养价值，增强了本文的知识性和趣味性，体现了散文多种表达方式综合运用的特点。

2. 秋天是果实成熟的季节，葡萄、枣子、橘子的甜美味道是童年幸福记忆的一部分；这种甜美的味道还有采毛栗的欢欣，吃蛇肉的喧闹，和外婆相处的温馨。

3. 分吃蛇肉这一情节充满了新奇和刺激，舅舅剖蛇，舅妈分蛇肉，不仅有初尝蛇肉的鲜美，更让人感受到良好的邻里关系，淳朴厚道的民风，似一曲甜美的乡村歌谣。

4. 文章详写采毛栗、分吃蛇肉等情节，而对各种水果的美味写得较为简略，让读者的视野覆盖整个村子，让人感受到这是一个物产丰饶、乡风淳朴的乡村。

世间尚有乐园

（1）去了一趟意大利，朋友问我意大利哪些地方好玩，我说罗马、威尼斯，然后说科莫湖。说罗马、威尼斯大家都知道，但科莫湖大多数人就接不上话了。事实上，米兰北部的旅游胜地科莫湖是一块难得的人间美玉。

（2）科莫湖是阿尔卑斯山脉的冰川湖，意大利和瑞士两国的天然分界线。乔治·卢卡斯导演的《星球大战II：克隆人的进攻》就是在科莫湖拍摄的，不少观众看了电影后认为“美得简直不像真的，完全像是天生属于星球大战电影的一部分”。这一人间仙境，竟然被不少观众误以为是电脑制作的场景。事实上，科莫湖就是这么美，四面环山，冬天北部是一片皑皑雪峰，湖因山而美，山因湖而秀。

（3）科莫湖是意大利第三大湖，被几座山包围并分割，是一个狭长形湖泊，以优越的气候条件和繁茂的植被闻名于世，是世界著名的休闲度假胜地。

（4）小镇古朴，湖水清亮。曾有人说，在这里拥有一间看得见风景的房间真是人生一大幸事，因为每个房间的窗口几乎就是比例完美的画框，清澈的湖水波光会自动送到你眼前。

（5）除了美丽的自然风光，科莫地区与意大利别的地方一样，具有深厚的人文底蕴。湖边坐落着古老的教堂，市内有科学家伏特的墓，这位电池的发明人就诞生在科莫，伏特仍是现在的电压单位。科莫还是欧洲最大的丝绸中心，如今大多的丝绸来自中国，在这里被设计加工成高档服饰，然后销往世界各地。

（6）由于此次旅行功课做得不是十分充足，我们错过了一趟列车。因为前往科莫的火车上显示的终点站是某个不知名的飞机场，导致我们不敢随便上车。几经周折，我们在中午十二时抵达目的地。当然，我们并没有马上开始游玩，而是先按照攻略，找到了一家好评数爆棚的餐厅。这家餐厅的门面十分不起眼，在一条幽深的小巷尽头，后院却是别有洞天——四周都是中世纪遗留下来的围墙，上面藤蔓密布，头顶是被围墙框住了的天空，很独特。餐厅的饭菜与网上的点评一样，值得品尝。

（7）科莫湖上天气多变，因此，在湖上启航被认为是一个十分了不起的举动。当然，启航的时机掌握是非常偶然的，突然之间的大风可能把平静的水面吹得波浪起伏，甚至突降暴雨。可能当你借助一阵好风启航后，在航行到湖中时却突然变得风平浪静，甚至要在安静的湖中停留几个小时。因为易变的风，科莫湖成为航行的极好训练场。

（8）饭后，我们找到了一个所谓的“007”式快艇租用地，令人大跌眼镜的是，这些所谓的快艇其实只是四人用的脚踏船。失望归失望，为了启航，我们还是两个人租了一艘小船，但随后便发现这是个错误的决定。因为我们的船动力实在太小了，只要一有大船从我们身边经过，我们的船便不听使唤，随波逐流，所以我们的“快艇”前进得十分费力。更让人哭笑不得的是，我们的船由于不听使唤，径直撞上了湖中的一座喷泉，然后搁浅了。于是，我们索性停止前进，慢慢地欣赏起湖景来。

（9）白云，青山，碧绿的湖水，以及白帆溅起的透明浪花，构成了一幅匀称的油画。科莫湖深达四百多米，湖面面积近一百五十平方公里。岸边的许多地方都是峭壁，阿尔卑斯山在湖的北端像是一堵墙。湖滨多栽培葡萄、无花果、石榴，湖中有鲑鱼、鳟鱼、鳗鱼等鱼类，但这些鱼都在深水处，我们肉眼无法直接看到。我们一边欣赏美景，一边等待救援人员到来，等救援人员将我们的船只救出来的时候，我们已经全身湿透。

（10）即使在初夏灼热的阳光下，科莫湖水也是冰冷刺骨的，这大概因为它来自阿尔卑斯山终年不化的积雪，又是欧洲最深的湖泊之一。幸好正午的太阳猛烈，足够晒干衣服，我们这才得以从感冒的边缘逃回来。

（11）沿湖岸往山坡上走去，一条条石板小路向上次第延伸，小路两旁有各种特色小店，售卖当地的传统手工艺品、五颜六色的丝绸制品、各色皮具和流光溢彩的玻璃器皿。那些石砌房子，有小旅馆，阳台上倚靠着懒散的度假者，手执一杯葡萄酒或一册杂志，旁若无人；露天的咖啡座和餐馆，飘出浓郁的咖啡或奶酪的香味；家家户户门口石阶上花团锦簇。每天午后到黄昏，总有游客从不同的地方来这儿，只为了在小镇上消磨一个温馨的下午。

（12）我们走在上山的路上，但好天气没有持续多久。科莫湖四面环山，天气变化多端。不一会儿，就下起了雨。然而只要是美的地方，下雨自有下雨的味道。岸上各种彩色的房子，被雨水冲刷之后显得特别亮丽，像一块块鲜艳的小积木，堆叠在湖边或是半山腰。水边的天鹅、白鸽点缀其间，恍若仙境。

（13）科莫湖真的是美哭了。假如世上尚有乐园，它肯定算一个。

1. 科莫湖美在何处？请简要分析。

____

____。

2. 文章在写科莫湖的湖景风光的同时，还写了科莫湖多变的天气和一次搁浅的经历，有何作用？

____

____。

3. “假如世上尚有乐园，它肯定算一个。”科莫湖是乐园，乐在何处？

____

____。

4．请简要分析文中画线的句子。

____

____。

参考答案：

1．湖光山色，雪峰皑皑，宛若仙境；人文底蕴深厚；湖畔花团锦簇，是理想的度假胜地。

2．展现了科莫湖多变的性格，与先前的美景形成对比。搁浅的经历告诉我们：失去的或许意味着获得，所有的遇见都是人生最好的安排。

3．欣赏美景的愉悦，泛舟湖面的惊险，享受轻松自在的度假生活。

4．运用细节描写，表现科莫湖安静怡然的生活，表现了作者对慢生活的向往。

超越生命的老人

（1）当我惊悉张萍雨老人离开人世的消息后，泪水盈满了眼眶。我已经很久没有流泪了，我不知道为什么一个甚至不能算熟悉的老人的离世会让我如此的伤感。回到办公室自己的位置上，我任由泪水久久流淌……老人那瘦弱的背影再次浮现在我眼前，很多次看见他坐在我们的采编室里，跟我们聊他的心愿，他的捐赠，他的理想。在我的印象中，他是一个坚强乐观又异常固执的老人。

（2）张萍雨老人一直称媒体是他的大恩人，说正是通过媒体的宣传，他的理想才得以实现。那时，他刚刚用一生的积蓄在浙江大学设立了一个“贫困助学基金”，面对众人的不理解，他总是习惯找我们倾诉，说他的动机，说他的初衷。每回他都很认真，仿佛告诉记者就等于告诉了全社会。

（3）他不断地找媒体报道他的做法，久而久之，出现了另一种声音，有人说他这样做纯粹是为了出风头、赚名气。张萍雨老人对这种说法一笑置之，在他看来，任何闲言碎语都不能妨碍他从事有意义的活动。“贫困助学基金”设立好后，他又从每月工资里拿出一半的钱资助两名龙游县的特困生上学。

（4）不久，他开始为自己的遗体捐赠事宜积极奔走。张萍雨老人的钱来之不易，全靠自己平时省吃俭用积攒起来，他对自己甚至家人都非常苛刻。平时他们家很少买肉，用张萍雨的话说是“青菜豆腐营养好得很哪”，稍稍贵一点儿的菜他就舍不得买。老人对自家人既固执又“抠门”，但他为贫困学生捐款却异常大方。

（5）有一次，他带着一个茶罐和一把雨伞来到报社，说现在开始在各个学校讲学，学生们都喜欢听他讲自己的经历，望着台下孩子们纯真的笑脸，那是他人生最充实的时候。为了不给学校添麻烦，他总是把中饭随身带在茶罐里。有一回，我看了他的茶罐，里面几乎没有菜。但他说：“我吃的好得很哪，方便，不浪费时间。”他讲遍了本地的学校后，又到杭州、上海的各大学校讲学，往往一出去就是半个来月，编辑部里就不大能看到他瘦小的身影了。

（6）一个炎热的中午，他再次来到我们办公室，特别兴奋地告诉我，这段时间他都在杭州各大高校讲学，让学生远离网吧，昨天才回家。现在他的日程排得很紧，很多学校已与他预约。天气很热，但看得出老人精神状况不错，他笑呵呵地告诉记者，为了省钱，他在杭州专门找那些一二十元钱一晚的旅馆住，平时吃最便宜的快餐。说着说着，突然他脸红起来，露出了孩子般腼腆的笑容："有一回讲完课，学校一定要请我吃饭，我怎么推都推不掉，只好跟他们去吃了一餐，实在是不好意思。我讲课本来就是奉献，怎么可以给学校增添多余的负担呢？"

（7）后来我看见他，永远是这样一副行头——一个茶罐、一把雨伞，这几乎成了他全部的家当。最后一次见到张萍雨老人，是在深秋的十字路口，依然是这样一副行头，他站在广袤的天空下，人显得更为瘦弱。我在对面远远地看见他，忍不住想，是什么在支撑着他如此不知疲倦地四处讲学？是什么使他日夜在外奔波不以为苦，反以为乐？我很想详细听老人说一说答案，但那天我们只是相互打了个招呼，他说他正要去二职校讲课。

（8）我从来没想过老人会这么快离开我们，但想来并不奇怪，因为这些年来，他一直在透支自己，包括精力和体力。他是那样忘我地投入到自己的信念中去，从来不考虑自己的承受极限。他把满腔热血都献给了他所热爱的事业，那样执着、那样真诚、那样快乐……他倒在南京大学的讲台上，把生命的最后一刻定格在热爱的事业上，从此再也没有站起来。我相信，老人倒下的时候是平静而充实的。然而这种平静却让人忍不住泪流满面，在远离家乡千里之外的南京城，一个兰溪老人为了他的理想心力衰竭而死，燃尽了生命的最后一点光焰。

（9）世上的好人很多，但像张萍雨老人这样无私又忘我的不多。老人的身影经常在我眼前浮现——他那有说有笑的神情，那一绺在秋风中抖动的白发，那瘦小的弱不禁风的身子……老人生前很孤独，但他那博大的爱心和坚定的信仰使他从来不寂寞。

（10）我们失去了一位平凡而又了不起的老人，相信老人不朽的精神已随着他点点滴滴的讲学滋润到学子们的心里。我们可以毫不牵强地说：他虽死犹生。

1. 文章开头从张萍雨老人离世写起，有何作用？

____

____。

2. “老人对自家人既固执又‘抠门’，但他为贫困学生捐款却异常大方。”请结合文章内容，说说你对这句话的理解。

____

____。

3. “老人生前很孤独，但他那博大的爱心和坚定的信仰使他从来不寂寞。”请你谈谈对“孤独”和“从来不寂寞”的理解。

____

____。

4. 通读全文，谈谈你对题目“超越生命的老人”的理解。

____

____。

参考答案：

1．采用倒叙手法，引起读者对张萍雨老人事迹的关注，引出下文。

2．通过对比，体现了张萍雨老人节衣缩食、关心贫困学生的坚定意志和高尚品格，体现了儒家仁者爱人的君子之风。

3．“孤独”是说张萍雨老人捐助贫困学生的事迹生前不为人所知，也可以从最后一次见面的描述中来体会，“依然是这样一副行头，他站在广袤的天空下，人显得更为瘦弱”。他行事低调，独来独往。“从来不寂寞”是说张萍雨老人执着于他的追求，为贫困学子奔走忙碌，呕心沥血，他的梦想让他不寂寞。

4．张萍雨老人虽然去世了，但他节衣缩食捐助贫困学生的人间大爱却激励着年轻一代。生命有限，理想无限，他超越生命的“博大的爱心和坚定的信仰”代代相传，他虽死犹生，精神永存。